Impressum:
C: Verlag Tredition Hamburg
Hannelore Möbus.
Familie W. aus Stettin ,
Dezember 2016
Alle Rechte am Buch liegen bei der Autorin
H. Möbus, Aßlarer Str.1, 60439 Frankfurt
978-3-7345-7622-5 (Paperback)
978-3-7345-7623-2 (Hardcover)
978-3-7345-7624-9 (e-Book

# Familie W. aus Stettin
## Stellvertretend für viele Familien mit ähnlichen Biographien

## Ein Zeitgeschichtlicher Bericht

Ich widme diese Aufzeichnungen dem Andenken an unsere Mutter Charlotte, die mir die verwendeten Briefe übergab mit der Maßgabe diese literarisch zu verwerten.

Und an unseren Vater Werner, der in seinem Brief vom September 1945 schrieb: Mein Erleben in diesen vergangenen Tagen ist es wert, in einem Roman festgehalten zu werden.

Unser Erfahren, Mutter und Kinder, in dieser Zeit mit all seinen Schwierigkeiten, der Not und der immerwährenden Angst, aber auch dem Mut das Beste daraus zu machen, stehen dem gewiss nur gering nach. Deshalb will ich dies späteren Generationen wenigstens ansatzweise vermitteln.

Für alle Nichten, Neffen, meinen Sohn und alle Kindeskinder der Familie. Und natürlich alle später Geborenen, die Interesse an unserem damaligen Leben haben..

# *Vorwort*

Briefe und Aufzeichnungen von eigenen
Erinnerungen und der unserer Eltern.
Ich habe hier versucht aufzuzeigen, wie
auch meine Familie nach der Flucht aus
dem Osten 1945 in Franken wieder Fuß
gefasst hat und ganz von vorne anfangen
musste.
Manchmal war es nicht ganz leicht, da
man genau wie heute Flüchtlingen mit
großem Misstrauen entgegenkam.
Aber wir haben in den nächsten Jahren
auch ganz viele hilfsbereite Menschen
getroffen, die uns das Einleben in die
neue Heimat erleichterten.
Und schon einige Zeit später gehörten wir
einfach dazu und wir Kinder sprachen
den Dialekt perfekt.

# „Kennen Lernen" der Eltern und Heirat

Meine Mutter Charlotte hatte im Jahr 1934 eine Tuberkulose auszuheilen. Deshalb fuhr sie zu ihrer Tante Marie, Schwester ihres Vaters, nach Königswalde in der Mark Brandenburg in das Forsthaus ihres Onkels mitten im Wald.

Dort im Ort lernte sie unseren Vater Werner W. kennen. Er führte mit seinem Vater Alfred ein Sägewerk in Königswalde.

In Eckernförde hatte er einige Jahre vorher auf der „Baugewerkschule" den Abschluss als Bauingenieur gemacht.

Jetzt bereitete er sich in abendlichen Kursen in Frankfurt /Oder auf die Prüfung zum Maurermeister vor.

Auf Festen und sportlichen Veranstaltungen kamen sie sich näher und heirateten am 23.04.1935 in Liegnitz, der Heimatstadt meiner Mutter. Und zwar In der „Liebfrauenkirche". in der sie schon getauft und konfirmiert worden war.

# Geburt meines Bruders Klaus Und warum die Eltern nach Stettin umzogen.

Am 10. Juni 1936 wurde mein Bruder Klaus in Königswalde in der Neumark geboren.

Die Eltern wohnten in einem Haus gegenüber dem der Großeltern.

Unser Klaus wurde in seinem Babykörbchen bewacht von Omas Dackel „Schlumms".

Im Jahr 1937 brannte das Sägewerk infolge Funkensflug ab.

Großer Kummer und viel Ärger und Schulden.

Mein Vater fand eine neue Stelle beim Heeresbauamt. So kamen meine Eltern Ende 1937 nach Stettin.

# Meine Geburt und die ersten Jahre

Am 5. Juni 1938 (Pfingstsonntag) wurde ich in Stettin im „Karolostift", wie ich jetzt weiß war es damals schon über 200 Jahre alt, um ca. 21.00 Uhr geboren.

Meine Mutter hatte kurz zuvor noch im Garten bei Bekannten Unkraut gejätet. Am Abend wollten die Eltern ins Kino gehen, daraus wurde nichts, denn ich erschien auf der Bildfläche. Mutti hatte man kurz zuvor gesagt, dass ich gar nicht lebe, sondern die Nabelschur um den Hals hätte. Dementsprechend "blau" war ich auch und wurde erst einmal kräftig verhauen, bevor ich anfing zu leben. Welch ein Trauma! Auch soll ich ein überaus nervöses Baby gewesen sein, meine Mutter behauptete später, man hätte nicht mal eine Stecknadel neben meinem Babykorb fallen lassen dürfen. Schon wäre ich wieder hoch gewesen, in den ersten Wochen mit Gebrüll, später mit wachsender Aufmerksamkeit, denn ich bin ein neugieriger Zwilling. Da ich, wie ich glaube, eine ziemlich typische Vertreterin dieses Sternbilds bin, war ich schon von frühester Jugend an, an allem interessiert, was um mich herum passierte.

Ich habe ein fotographisches Gedächtnis, wie mir ein Bekannter einmal sagte. Mein Neffe Jürgen hat es auch geerbt, von wem wir das haben, weiß der Himmel.

Dies befähigt mich, Euch auch noch nach so vielen Jahren, als ich fünf war verließen wir Stettin, den Wohnblock, Dunckerstraße 35, Stettin Braunsfelde, in dem wir wohnten, zu beschreiben.

Er war 1937 nach modernsten Erkenntnissen gestaltet und würde auch heute noch seine Funktion besser erfüllen, als ein seelenloses Hochhaus, denn es war eine überaus kindgerechte Anlage: Ein Plattenweg in T-Form, unten am „T"' war der Eingang und die beiden oberen Enden führten zu zwei einstöckigen Häusern, mit je zwei Wohnungen auf jeder Etage. Am Hauseingang waren schon elektrische Klingeln und Türöffner installiert.

Zwischen beiden Häusern führte der Plattenweg weiter auf einen weiten Hof mit viel Grün. Hier es gab einen oberen und einen unteren Sandkasten rechts und links.
Der obere lag auf einem kleinen Hügel und es stand Kirschbaum dort.

2010 war ich mit Luise meiner Schwägerin dort, genau so war und ist es!!! Ich habe alles wieder gefunden, siehe mein Bericht „Reise in die Vergangenheit".

Hier auf dem „Hügel" vom oberen Sandkasten aus, machten wir die ersten Abfahrtsläufe mit unseren Schneeschuhen.

Am unteren Sandkasten stand ein Nussbaum. Wenn im Herbst die Nüsse reif wurden, rannte mein Bruder Klaus mit Mutti oder dem Pflichtjahrmädel morgens nach unten und sammelte die harten Früchte auf. Da diese allgemein begehrt waren, war man sehr im Vorteil, wenn man wie er, ein Frühaufsteher ist, übrigens ein Erbteil seiner/unserer Mutter.

Der Nussbaum steht noch und ist riesengroß geworden, ich bin dort fotografiert, 67 Jahre danach.

Ach ja, da muss ich was erklären: Pflichtjahr Mädel: Das waren junge Mädchen, die aus der Schule kamen, in der Regel mit 14 oder 15 Jahren, wenn sie allerdings die höhere Schule besuchten, mit 16 oder 17.

Sie mussten bevor sie eine Berufsausbildung anfangen konnten, ein so genanntes Pflichtjahr absolvieren in kinderreichen Familien oder auf dem Bauernhof. Unsere Pflichtjahr-Mädels begleiteten uns überall hin, mal zu den Großeltern nach Dresden oder zu unserer anderen Oma nach Liegnitz und wir hatten ein herzliches Verhältnis zu ihnen.

Doch ich war bei der Beschreibung des Blocks stehen geblieben, mit dem schönen Hof und den ca. 5 m X 5 m großen Sandkästen.

Das war noch lange nicht Alles. Dahinter reihte sich ein Block von drei aneinander gebauten Häusern und hinter diesen Häusern gab es einen riesigen Wäschetrockenplatz, den wir aus verständlichen Gründen nicht zum Spielen benützen sollten. Aber was verboten ist, reizt ja besonders.

Denn dieser Trockenplatz wurde begrenzt von einer Hainbuchenhecke (die Blätter riechen so herb wenn man sie ribbelt) und diese Hecke lud förmlich zum Versteck spielen ein, ebenso wie die aufgehängten großen Wäschestücke. Aber da gab es fast immer Krach, wenn eine der Muttis entdeckte, wo wir uns wieder rum trieben.

Bei so vielen Familien in dem Block und da Kindersegen staatlich ausgezeichnet wurde, gab es natürlich Spielgefährten „en masse". Ich erinnere mich, dass wir regelrechte Kriege zwischen dem oberen und dem unteren Sandkasten ausfochten, es musste doch geklärt werden, wer wo spielen darf.

In dem ersten Haus rechts vom Eingang, wir wohnten links, lebte Herr Hedwig, Onkel Hedwig, mit seiner gelähmten Frau, sie waren zwischen den Kriegen aus dem Baltikum gekommen. Onkel Hedwig war der Schwarm aller Kinder. Er hatte eine glückliche Gabe, er konnte kindergerecht erzählen und malen.

Erschien er auf dem Hof, hingen wir Kinder wie die Trauben an ihm und baten ihn, etwas zu erzählen oder mit uns zu spielen.
Er ließ sich nicht lange bitten. Hatte meine Mutter in der Stadt etwas zu tun, wurde ich zu meiner großen Freude meist bei Hedwigs abgegeben. Wenn ich was Süßes wollte, kroch ich unter Onkel Hedwigs Schreibtisch und war dann ein Hundchen und bekam Hundekuchen.

Onkel Hedwig zeichnete ganze Bücher mit den geflügelten Bären Wollbäckchen, Weißflöckchen und Putz.

1946, ein Jahr nach dem Krieg, fanden meine Eltern ihn über das Rote Kreuz in einem Flüchtlingslager in Lüneburg, er schrieb uns einen Brief mit einer Zeichnung mit zwei der Bären, den Brief habe ich noch heute; ich war damals 8 Jahre.
Später habe ich dann etwas hinzu gedichtet und meinem Sohn von den Bären erzählt. Onkel Hedwig ist unsterblich!

## An Hannelore und Klaus!

Freude hat es uns gemacht,
Daß auch Ihr an uns gedacht
Und Ihr beide uns die lieben,
Netten Brieflein habt geschrieben!
Auch wir denken gern zurück
An die Zeiten voller Glück
Als der Onkel - Weiß von Haar -
Euch noch Spielgefährte war.
Und nun seid Ihr alle weit
In dem armen Land verstreut!
Seid geflüchtet, seid vertrieben!
Ja, - wer weiß, wo sie geblieben,
Die mit kurzen und mit langen
Beinchen damals um uns sprangen
Fröhlich hüpfend, wie die Hasen
Hinter'm Hause auf dem Rasen?

Ja, damit ist's nun vorbei.
Aber, – wie es sonst auch sei
Euch lacht wieder junges Glück:
Euer Valli ist zurück
Und Ihr habt im neuen Hause
Wieder eine eigne Klause!
Hoffentlich in Leutershausen
Gibt es auch genug zu schmausen!?

Hiermit will ich heute schließen.
Tante Hedwig läßt Euch grüßen,
Bleibt gesund und froh und heiter,
Immer artig und so weiter,
Schreibt einmal – und tut indessen
Onkel Hedwig nicht vergessen!

eburg, 6. III. 46

Das waren die ersten sehr friedlichen Jahre,
als ich langsam zum Bewusstsein erwachte.
  Winter waren das, heute kann man nur noch
davon träumen, Unsere Eltern fuhren mit uns
Schlitten, besonders Vati. Die Sommer waren
Sommer und der Frühling und der Herbst waren
ebenfalls das, was sie sein sollen,
Übergangszeit!

mit Mutti in Osternothafen  Wir drei in Liegnitz

# Letzter gemeinsamer Urlaub mit unserem Vater

Im August 1941 fuhren wir nach Osternothafen an die Ostsee. In dem Fischerhaus in dem wir wohnten, gab es viele Katzen. Wir gingen gerne ins Wasser in die Wellen. Es gibt Bilder: Mein Bruder rausstrebend, ich noch Richtung Land. Zu der Zeit war ich noch wasserscheu, das hat sich später grundlegend geändert.

Entwickelt hatte sich der Aufenthalt in dem Fischerdorf aus einem Sonntagsausflug, den die Eltern mit uns machten, es gefiel ihnen so gut, dass sie spontan beschlossen, einige Zeit dort zu verbringen. Also fuhr Mutti alleine nach Stettin zurück um Sachen zum Anziehen zu holen.

Ich sehe sie noch, hoch oben auf dem weißen Schiff mit großem weißem Hut und Mantel stehen und winken, was habe ich geheult, als sie wegfuhr.

Zu der Zeit war sie mit unserem Schwesterchen im 6 Monat schwanger, man sieht es ihr auf den Bildern nicht an, auch im Luftanzug nicht.

1941 begannen die Luftangriffe sehr heftig zu werden, selbst in Osternothafen hatten wir einige, ohne „Luftschutzkeller!

Sehr aufregend! Mein Nervenkostüm war schon immer sehr labil gewesen, wie schon erwähnt. Durch die Angriffe und die allgemeine Angst und Unruhe verstärkte sich das so sehr, dass ich einmal 3 Tage im Koma lag. Azeton wurde ins Blut ausgeschüttet und löste diese Anfälle aus, die ich übrigens den ganzen Krieg über nicht verlor, bei jeder freudigen, wie auch negativer Aufregung traten sie auf. Sie wurden später von einigen Ärzten auf dem psychotherapeutischen Weg mit Erfolg bekämpft. (Grünberg und Dresden)

# Ein Schwesterchen, Monika

Monikas Geburt am 23.November 1941 war für mich gar nicht so einfach. Es war nicht leicht, nicht mehr die Kleine zu sein, heftige Eifersucht plagte mich.

Wenn Mutti das Baby wickelte, stand ich hinter ihr und machte „Muser, Muser", was soviel wie schmusen bedeutete. Komisch, als 1947 unser Bruder Horst geboren wurde, war ich alt genug, nur Mutterinstinkte für ihn zu entwickeln.

Doch 1941 wurde ich immer wieder darauf aufmerksam gemacht, dass ich ja jetzt die Große sei und so selbstständig und vernünftig. Klaus übte mit Monika laufen. Mich zerriss es fast, wenn sie mit meinem Puppenhaus spielte. Wenn sie merkte, dass ich innerlich kochte, schmiss sie die Möbel und Puppen durcheinander, was zum Anlass hatte, dass ich noch wilder wurde.

Aber sonst liebten wir sie alle heiß und innig. Sie liebte allerdings am meisten ihre Lilla"! Gisela, unser damaliges Pflichtjahrmädchen.

Wenn die Mutti sie ausschimpfte, schluchzte sie Lilla, Lilla, die musste sie dann trösten.

# Seit 1941 Vati im Krieg, Unser Leben zu Hause

Unser Vater war zu dieser Zeit „eingezogen", wie man damals sagte, an der Front in Russland. Er schrieb, er kam auf Urlaub, wir freuten uns, wir wurden mit Mütze und Käppi fotografiert.

Er badete mit uns in der Wanne, machte Himmelsalat, Obstsalat mit Nüssen, sang uns witzige Lieder vor und wir machten Ausflüge in den Eckeberger Wald. Kiefern und Sandböden und herrliche Sonne.

Die uns bekannte Familie Lüdemann war dort hin gezogen, die Kinder liefen in dem sonnigen Paradies nackt herum, was wir furchtbar schamlos fanden, mein großer Bruder und ich. -

Die Luftangriffe verstärkten sich noch mehr, die Häuser mussten verdunkelt werden, die Straßenlampen brannten nicht mehr, wir trugen durch Phosphor von allein leuchtende Figuren an unseren Jacken und Mänteln, damit wir in der Dunkelheit nicht überrannt wurden.

Eben als ich beim Kartenspielen war, durchzuckte mich das Gefühl, das ich hatte, wenn wir Nacht für Nacht in den Luftschutz Keller mussten, das kalte Treppenhaus, das Rennen der Bewohner, haben wir auch alles???

Diese trostlose Angst, die sich mir schon zwischen dem 3. und 5 Lebensjahr mitteilte...

Ich ging schon alleine zum Einkaufen in dieser Zeit, verlor einen Geldbeutel, weil ich das Netz herum schleuderte, und schüttete als ich auch eine Milchkanne so schleuderte, die ganze Milch aus, bekam den Hintern voll und ohne Abendbrot ins Bett und machte mir so meine Gedanken, ich bin ja gar nicht das Kind meiner Eltern, ich bin bestimmt ein Stiefkind.

Ich biss Berni, einem Spielgefährten ins Ohr, weil er mich sehr geärgert hatte, statt das dann aber zuzugeben, log ich, dass ich ihm nur etwas ins Ohr hätte flüstern wollen.
Gleiche Prozedur wie oben, Prügel mit Lederpeitsche, ohne Abendbrot ins Bett.

War mein Vater da, holte er mich nachts aus
dem Bett und gab mir Knäckebrot mit Butter.
Das hat u. a. später meine Mutter dazu
veranlasst, mir Jahre später zu sagen, ich sei
die gleiche pädagogische Niete, wie mein
Vater.....!

**Wir zwei mit Vati**          **Monika**

# Monikas Tod

Mitte April 1943 starb unsere kleine Monika, nach zweimaliger Lungenentzündung. Ärzte waren in diesen Zeiten schwer zu bekommen, sie waren fast alle an der Front, sie kam zu spät ins Krankenhaus.
Als Tante Liesel, Muttis Freundin aus Liegnitz sie auf dem Totenbett sah, schrie Sie auf: " Um Gottes Willen, das ist ja die Hannelore", sie muss mir also sehr ähnlich gewesen sein.

Monika wurde am 20. April 1943 beerdigt, unsere Grosseltern aus Dresden waren da und Vati kam aus Russland.

In der Nacht nach der Beerdigung hatten wir einen so starken Angriff, dass in unserem Wohnzimmer über der Couch ein großer Riss in der Wand klaffte, alle Fenster waren kaputt.
Gas war abgestellt, wegen Explosions-Gefahr, wenn ich mich recht erinnere.
Wir kochten Kaffee/Tee an diesem Morgen auf einem Esbitkocher.
Das war eine Metallschachtel, dessen Abdeckung man nach beiden Seiten hochziehen konnte. In die Metallschachtel wurde ein Stück Esbit, weißes brennbares Material, gelegt und angezündet. Auf die aufrecht stehenden Wände konnte man ein Gefäß mit Wasser stellen und zum Kochen bringen.

Es fuhren an diesem Morgen nach dem Angriff keine Züge mehr vom Hauptbahnhof Stettin.
Da die Großeltern uns nicht in der beschädigten Wohnung lassen wollten, mussten wir im Morgengrauen nach Bahnhof Scheune fahren, irgendwo außerhalb.
Von da aus ging es nach Dresden in die Wohnung der Großeltern in Dresden Kleinzschachwitz.

# Mit Mutti allein in Dresden

In Dresden angekommen, erkrankte unser Vater an Diphtherie und musste nach Kosswich ins Lazarett und mein Bruder Klaus bekam Scharlach und musste ebenfalls ins Krankenhaus. –
Oma und Opa hatten einen Urlaub in Bodenbach gebucht, so war ich ganz alleine mit Mutti in der Wohnung in Dresden, Pionierstraße 8, Wohnung im Erdgeschoss, Balkon an der Küche nach dem Garten.

Über diesen Balkon kam eines Tages Onkel Kurt, Muttis Bruder aus Merseburg völlig überraschend uns besuchen.

Ich konnte mich gar nicht lassen darüber, dass er einfach über das Balkongeländer geklettert war.

In diesen Tagen entstand ein Foto auf der Elbwiese mit mir „Pipimachenderweise, da war ich aber schon sehr wütend darüber.

Im Übrigen besuchten wir abwechselnd Vati und Klaus und ich bekam wieder einmal von den vielen Aufregungen mein „Atzetonemisches Erbrechen".

Doktor Kluge, das Arztschild gibt's übrigens noch in Dresden, muss ein Sohn oder schon Enkel sein, versprach mir, wenn ich gesund würde, eine Riesenbratwurst, für meine Galle Gift, (O-Ton, Mutti) für meine Seele Ansporn, schnell wieder gesund zu werden.

Mutti fuhr mit mir mit der Zahnradbahn auf den „Weißen Hirsch". Wir schauten von dem Restaurant aus auf die unter uns liegende Stadt.

Auf fast allen Dächern waren große Rote Kreuze aufgemalt. Neugierig wie ich schon immer war, wollte ich natürlich Näheres wissen. Meine Mutter erklärte mir schon damals mit 5 Jahren, wie das mit der „Genfer der Konvension" ist.

Rotes Kreuz bedeutet: Krankenhaus oder Lazarett: Darf aus humanitären Gründen nicht bombardiert werden.

Daran haben sich 2 Jahre später weder die Amerikaner noch die Engländer gehalten, wie wir heute alle wissen...

Und ich glaube, wir Deutschen leider auch nicht!

# Nach Stettin zurück /Aufbruch nach Schlesien

Irgendwann ging's dann zurück nach Stettin, Vati musste wieder an die Front.

Die ersten großen Ferien von Klaus, er war 1942 im Herbst eingeschult worden, standen vor der Tür.

Mutti beschloss mit uns nach Streidelsdorf in Niederschlesien zu ihrer Cousine Hanni Neuhaus aufs Gut zu fahren.

Als wir einige Wochen dort waren, schrieb uns Onkel Hedwig, dass alle Familien mit Kindern evakuiert würden wegen der starken Bomben-Angriffe, es wäre sinnvoll an Ort und Stelle zu bleiben. Ob er unsere Sachen eingepackt hat, oder Mutti nach Stettin zurück gefahren ist, weiß ich heute nicht mehr. Jedenfalls blieben wir in Streidelsdorf.

Nach einem kurzen Aufenthalt im Gutshaus zogen wir ins Gärtnerhaus von Tante Hanni.

# Streidelsdorf von Juli 1943 bis Januar 1945

Es war kalt dort im Gärtnerhäuschen, trotz Kachelofen, es gab Schnecken, die nachts ihre Silberspuren auf unseren Sachen hinterließen und Mäuschen, die Mutti frech ins Gesicht sahen von ihrem Nachttisch aus, wenn sie Licht machte.

Wir waren dort jedoch nur bis nach Ostern 1944. Unsere Osternester hatte Mutti uns noch unter die Bettdecke am Fußende geschoben, wegen der Schnecken.

Irgendwann im Winter war Vati da gewesen und die Ankündigung seines Urlaubs hatte genügt, mich wieder krank werden zu lassen. Freudige Erregung!!

Ich kam nach Grünberg ins Krankenhaus und wurde dort von einer sehr einfühlsamen Ärztin mittels eines versprochenen Stückes Schokolade geheilt. Von Vatis Urlaub bekam ich nur noch eine kleine Zeit mit.

Ich wurde dort in Streidelsdorf im Oktober 1944 eingeschult und habe jetzt im März 2012 von einem Polen Bilder von meiner Schule und noch andere Bilder von Streidelsdorf bekommen.

Kirche

*Schule*

Tante Hanni, die Kusine meiner Mutter und ihr
Mann Onkel Neuhaus hatten das Gut in
Streidelsdorf gepachtet, ein eigenes Gut aus
dem Erbe von Tante Hanni (Louisdorf) war
kleiner, dort in der Nähe und es wurde von
einem Pächter bewirtschaftet.
   Da wir ja in der ersten Zeit im Herrenhaus
wohnten, waren wir auch zu Tisch bei Tante
Hanni, wo sich mittags immerhin ca. 12-15
Personen versammelten, Verwalter, Sekretärin,

Hauswirtschafterin usw.. In der Küche waren
polnische und russische Mägde.
Für die französischen Kriegs-Gefangenen gab
es extra einen Gefangenen-Aufseher, der
immer die Schnapsflaschen aus den Heimat
Päckchen seiner Schutzbefohlenen an den
Bäumen zerschlagen musste. Die ganze
Gegend roch nach Alkohol - Wachtmeister
Walter war das!
   Einmal ging er über die Koppeln und hatte
nur seine Aktentasche dabei, da sah er eine
Unmenge Wiesen Champignons, er zog seinen
Pullover aus, knotete die Ärmel zu und den
Ausschnitt, füllte den Pullover und seine
Aktentasche mit den Pilzen und brachte den
Segen in die Küche vom Gut. Ich war dabei, als
alles in eine Zinkbadewanne geleert wurde, sie
war voll. Und ich habe es nach so vielen
Jahren nicht vergessen, wie fasziniert ich war.
   So reich war der Boden dort im Osten,
Blaubeeren konnten wir Kinder im Stehen
pflücken.
   Am Haus des Guts war ein Riesengarten mit
Tomatenstöcken in Mannshöhe, die
Hauswirtschafterin ging jeden Morgen mit
einem viereckigen Weidenkorb, um zu ernten,
er war meist voll, Sonnenreif und säuerlich
waren die Früchte.
   Es wurden Jagden veranstaltet und der
Dachboden hing voller Hasen. Um mich zu
ärgern sagte Onkel Neuhaus immer, es sei
Katzenbraten, wenn es Hase gab.

Auf dem Gut gingen wir viel barfuss, war das ein Spaß am Abend, wenn wir uns an der Viehtränke die Füße waschen durften/mussten, wenn auch so manches Federvieh da seine Spuren hinterlassen hatte. Wir hatten Grund, das Schlafengehen noch ein wenig hinauszuzögern, denn ohne Spritzen und Necken ging es selten ab.

Auf dem Hof gab es 40 Ochsengespanne, das habe ich mir gemerkt.

Meine Großkusine Gundel schickte meine Mutti mal am 1. April in den Ochsenstall, da sei ein Kälbchen geboren worden, meine Mutter meinte daraufhin:„Dann komm mal mit, damit wenigstens eines da ist, wenn wir kommen".

Die Pferde waren alle an die Front eingezogen. Aber eines hatte Onkel Neuhaus noch. Dieses Pferd wurde immer vor den „Docart" gespannt, das ist ein zwei- rädriger Wagen, zwischen den beiden Rädern war die Sitzbank aufgehängt.

Ich hatte höllische Angst vor dem Ding, wurde aber immer wieder hineingesetzt und musste mitfahren, obwohl es mir den Magen umdrehte. Dann ging es über Berg und Tal, besonders den Berg runter wurde mir wahnsinnig schlecht.

Das gleiche ist mir später beim Riesenradfahren und bei der Achterbahn passiert. „Abhärten" nannte man das wohl früher!

nach einiger Zeit sind wir dann zu einer
Bäuerin in den Ort gezogen und hatten da ein
Zimmer Tür an Tür mit dem polnischen Knecht.

Nur der Schrank war davor, später entdeckte
man große Säcke mit Pfeffer in seinem Zimmer.

Die polnischen Knechte aus dem Ort
versammelten sich regelmäßig in diesem
Nachbarzimmer.

Unsere Mutter hatte eine Pistole unter ihrem
Stuhlkissen, meine Schwägerin Monika sagte
Jahre später, dass sie sich das nicht vorstellen
könnte:

Mutti mit Pistole!

# Der Krieg kommt näher

Langsam kam die Front näher, wir merkten das an verschiedenen Anzeichen.

Einmal stürzte, als wir im Milchladen waren, hinter der Poststelle ein Flugzeug ab, wir rannten mit den Anderen zusammen auf das Feld hinter der Straße. (Ich war 6 Jahre) Streidelsdorf war ein Reihendorf. Was wir fanden, war der glühende Motor der Maschine. Der Pilot und die anderen Teile der Maschine wurden irgendwo im Wald gefunden.

Die ersten deutschen Soldaten, vier waren es, kamen auf den Hof und waren unheimlich nett zu uns Kindern, aber auch sehr schweigsam, was ihren Auftrag betraf.

Einer nahm uns ganz besonders unter seine Fittiche und fuhr mit uns im Kübelwagen, ähnlich einem Jeep, auf das Gut und erzählte jedem: „Das sind meine Kinder".
Wer weiß, wo seine waren, er wusste es nicht. Nach diesem kleinen Trupp kamen 13 Soldaten, da war ein Russe dabei, der übergelaufen war.

Sie brachten ostpreußische Gänse mit, die der Metzger unter ihnen mit einem Griff ausnahm. Das erzählte unsere Mutter später immer wieder.

Diese Soldaten sprachen auch nicht darüber, warum sie auf dem Rückmarsch waren.

Es wurden nur viel sagende Blicke getauscht und einer riet Mutti, sobald als möglich die Zelte abzubrechen.

Dieser Winter 1944/1945 war wahnsinnig kalt, das eingeweckte Tomatenmark ging als Säule in den Flaschen hoch, das fanden wir Kinder sehr lustig.
Aber auch wir spürten die Umbruch/Aufbruch/ Endzeitstimmung.

Weihnachten 1944 verlebten wir noch dort, ich bekam Muttis große Puppe mit Sportwagen, nur einmal bin ich im Schnee damit über den Hof gefahren...

Später sagte mein Mutter manchmal: "Hätte ich sie dir doch früher gegeben!."

# Ausreise/Flucht

Mitte Januar bekamen wir offiziellen Marschbefehl - Gepäckmitnahme 15 kg pro Person.

Wir hörten die Front in Grünberg, 30 km entfernt. Es war höchste Zeit, in offenen Lastwagen brachte man uns zur Bahn. Der Zug war mehr als voll, keiner hatte sich an das Gepäcklimit gehalten.

Wir hatten 6 große Gepäckstücke, Kartoffel Säcke, darunter einen Bettensack und einen Sack mit drei Hühnern, außerdem einen Topf (braunen Schmortopf mit Flachdeckel) mit kaltem Schweinebraten und Hasenleberpastete.

In unserem Abteil saß eine Familie aus Köln, sie waren auch in Schlesien evakuiert gewesen, sie suchten dauernd die „Däääsch" (Tasche).

Ein kleiner Sohn, Adam, fragte seine Mutter vergeblich nach Klopapier, von unserer Mutti hat er dann welches bekommen. Auf der Toilette gab es schon lange keines mehr.

Die Säuglinge im Zug bekamen Wasser aus der Lokomotive.

Wir wurden sehr viel rumrangiert, teils wegen der Bombenangriffe auf der Strecke, teils weil wir nicht in den Fahrplan passten.

Einmal ging Mutti auf einer Station warmes Wasser in der Thermoskanne holen, als sie wieder kam, war der Zug weg und sie stand nur mit Thermoskanne auf dem Bahnsteig.

Zum Glück stand der Zug noch irgendwo wegen Angriff von Tieffliegern weiter draußen und sie fand uns wieder

Uns war jedoch eingeschärft worden, ihr wollt zu Eurer Oma nach Dresden, das hätte uns vielleicht geholfen.

Mehrmals mussten wir auch umsteigen und von einem Bahnsteig zum nächsten mit dem vielen Gepäck: Da ging dann Mutti meist mit Klaus mit zwei Säcken zum nächsten Halte Punkt und ließ mich beim übrigen Gepäck zurück. Klein und ängstlich wie ich war, rannte ich ihnen hinterher und plärrte: „Mutti lass mich nicht allein". Sie beruhigte mich und ließ mich zitternd und zagend zurück. Auf diese Weise schaffte sie im Pendelverkehr den Umstieg.

Endlich landeten wir in Meißen nach ca.2 1/2Tagen, von dort aus rief Mutti Onkel Heinz, Vatis Bruder an, der in der Heimat Dienst verpflichtet war. Er kam und verfrachtete uns mit einigen Hitlerjungen zusammen in den Zug nach Dresden.

Glücklich landeten wir am 28. Januar 1945 in Dresden Kleinzschachwitz bei den Großeltern.

# Dresden von Januar 1945 - Juli 1945

Nach Dresden kamen dann noch die Liegnitzer, das waren Oma Fritsche Muttis Mutter, ihre Schwägerin Erna mit Sohn Peter; Onkel Kurt war in den Leunawerken unabkömmlich und Tante Erna hatte lange nichts von ihm gehört.

Zeitweise waren auch noch die „Reiker" da, Tante Elsa, Inge, Wolfgang und Onkel Heinz so dass wir manchmal 13 Personen zu Tisch waren.

Die Verpflegung dieser großen Familie war nicht so einfach. Eines Tages brachte Onkel Heinz eine große braune Tüte mit Brotsuppe mit Rosinen und Apfelstückchen an. Unvergesslich gut!!

Aus dieser Zeit stammen die Briefe unserer Mutter an Vati, die sie noch nach Russland richtete, anscheinend funktionierte die Feldpost noch und unser Vater brachte sie wieder mit, vielleicht kamen sie auch zurück, da unser Vater ja inzwischen auf einem Offizierslehrgang in Riga war und von dort aus über die Ostsee buchstäblich mit dem letzten Schiff aus Kurland heraus kam.

Die Briefe, die Mutti damals schrieb und in meinem Besitz sind, schildern ganz genau unsere damalige Situation in Dresden inkl. der Bombenangriffe, Strom- und Wassersperren.

# Muttis Briefe

Streidelsdorf in Niederschlesien, den 19.1.1945
Mein lieber kleiner Vati,
Alle Tage ist kein Sonntag, aber auch kein
Posttag, seit 5 Tagen warte ich nun wieder auf
ein lb. Brieflein von Dir. Vielleicht werde ich
morgen zum Wochenende erfreut. Draußen
stürmt und schneit es wieder, es zieht durch
sämtliche Fugen und Türen, nachts manchmal
auch Flak Gebrummer. (Die Front)
Was wird uns die nächste Zeit bringen,
werden wir wieder wandern müssen?
Jeder fragt und schreibt es, meine Mutter,
Deine ebenso. Dresden hatte zwei Angriffe,
Innenstadt.
Anmerkung HM, Also auch schon vor dem
13.2.1945!!
Das große Fragezeichen. Ich will und mag trotz
allem die Hoffnung nicht aufgeben.
Vorgestern ist das 4-Pfund-Päckchen abgerollt,
ich wünsche baldigen guten Empfang. Neben
Süßem konnte ich Dir diesmal was Reelles
einpacken. wie ich Dir schon schrieb, habe ich
es eingetauscht.
Gestern bekam ich von Beckers einen
Kastenwagen Holz, ich schätze es auf 2 m,
Brennholz. Es ist mit der Kreissäge
geschnitten, für morgen habe ich mir einen
alten Mann zum Hacken bestellt. Ich bin sehr
stolz und froh, dass wir wenigstens mit Koch-
Brennmaterial versorgt sind.

Denn der Kohlenmangel ist groß. Bezahlt habe ich es noch nicht, aber der Preis ist mir wurscht!
Bei Hanni (Muttis Cousine auf dem großen Gut) hätte ich sehr lange warten müssen, oder gar vergeblich gebeten.

Ich bin so müde und meine Hand zittert, ich habe eben sehr lange geplättet. Also gute Nacht!
Herzliche Grüße und Küsse
in Liebe Deine Mutti und Kinder.

Anm. HM; Am 28.1.in Dresden angekommen, 7 Tage nach dem obigen Brief!!

Dresden, den 2.2.1945
M. lb..kl. V.
Was zwischen meinem letzten Brief und dem heutigen liegt, mag ich nicht noch einmal abrollen. Du wirst das alles schon so oft erlebt haben, ohne dass ich davon wusste.

Jedenfalls ist es uns gelungen, noch mit dem letzten Zug heraus zu kommen, 48 Stunden brauchten wir bis Meißen, das glücklicher Weise, ohne mein vorheriges Wissen, Ziel unseres Flüchtlings Sonderzuges war.

Ich rief nachts um 3 Uhr die Eltern gleich an und seit Mittwochnachmittag sind wir hier und haben 2 Nächte voll Schlaf hinter uns, der Vieles auslöschte.

Gerettet habe ich nicht viel, Wintersachen und Esswaren. Aber immerhin genug um mich lahm zu schleppen.

Ob wir wohl hier bleiben können? Man wagt es kaum zu hoffen!!!

Gestern kam Frau Berg (Bekannte aus Streidelsdorf) nach. Sie kam nicht mehr mit dem Zug mit und landete mit einem Verwundeten Transportauto auch hier.

Vorläufig ist sie im Nebenhaus in einem ungeheizten Leerzimmer untergebracht. Tagsüber halten sie sich hier auf, „da die anderen Leute noch nicht aus ihrer friedensmäßigen Ruhe aufgeschreckt und ohne Verständnis sind."

(Anmerkung HM, sie bekamen es danach besonders schlimm)

Wir haben in Streidelsdorf Nacht für Nacht in unserer Einzimmerwohnung vom Treck der Landstraße die Menschen aufgenommen. –

In sehr großer Sorge bin ich um Muttel + die kleine Familie, Liegnitz ist schon eher geräumt worden. Ich habe eben an Kurt geschrieben.

Die Kinder sind guter Dinge + haben alles abgeschüttelt, Gott Sei Dank, wohl auch das ganze Leid nicht gesehen und empfunden.

Viel, viel Gutes haben uns die Landser geholfen. Erziehungsmäßig und auch als Vatis! Ich habe viel an Dich denken müssen. Alle taten es im Gedenken an ihre Familien. Für die Kinder war zuerst immer das Schönste und Beste da, mit rührender Fürsorge haben sie

uns zum Lastwagen mit dem vielen Gepäck verfrachtet. Du hättest bestimmt in der gleichen Lage genau so gehandelt, denn auch sie waren in Sorge um die eigenen Familien.
Recht liebe Grüße u. K...D. M + K .

Wann werde ich wohl mal wieder von Dir hören? 12 Briefe von Dir, der letzte vom 3.1. sind mein ganzes Heiligtum....

Mich hat es um Jahre gealtert, vorläufig habe ich kein Fünkchen Hoffnung, aber wir leben noch.

**Anmerkung HM.**

*Liebe Mutti, da warst du im Irrtum: Es steht noch heute nach über 60 Jahren sehr lebendig vor mir, auch die Trecks auf der Straße mit den Frauen, die mit erfrorenen Händen die Pferdezügel hielten etc.*

*Wir mussten es ohne psychologische Behandlung verkraften plus dem was später kam, haben es aber in uns verschlossen.*

*Wen wundert es, dass wir heute im Alter noch, für andere unverständlich, manchmal empfindlich reagieren.*

Dresden, den 4.2.1945
M. lb kl. V.
Auf das mein Haus voll werde, könnten die Eltern sagen. Wir sind jetzt 11 Personen zu Tisch!

Gestern Nachmittag fiel uns Erna (Muttis Schwägerin) weinend in die Arme.

Muttel und Peter saßen noch auf dem Bahnhof. Wir holten sie gleich, 4 Tage und vier Nächte unterwegs, schachmatt.

Sie wollten nach der Magdeburger Gegend zu Muttels Verwandten, Mutter konnte aber vor Erschöpfung nicht mehr weiter. Heute nach einer Nacht Schlaf gefällt sie mir schon besser.

Ich habe nun schon ein Gespräch an ihren Bruder in Haldensleben angemeldet und warte den ganzen Tag darauf.

Zum Kaffee kam Heinz mit Wolfi, so dass wir uns wie ne Hochzeitsgesellschaft vorkamen. Ein Kuchen war auch dabei und so sitzt man und harrt der Dinge.

Unsere Omi macht uns ein wenig Kummer, Grippe und Fieber, aber sie lässt sich einfach nicht im Bette halten.

Es könnte ja irgendetwas in der Wirtschaft schief gehen, es ist nichts zu machen. Morgen werden wir sie wohl anbinden müssen.

Den Radau von 5 Gören wirst Du Dir sicher vorstellen können. Irgendwo gibt es immer etwas, was zu Bruch geht oder Anlass zum Weinen gibt.

Nerven wie Stricke möchte man haben, statt der Seiden-Fädchen. Es geht alles vorüber...! Herzliche liebe Grüße+ K. v. D. M. und Kinder Die ganze Familie lässt grüßen!!<

Dresden, den 7.2.1945

M. Lb. kl. V,

Nun musste ich schon wieder mal ein neues
Konto eröffnen. Mein letztes Gehalt- oder
besser gesagt: Deines! – schwebt irgendwo in
der Gegend. Eben habe ich Löcknitz
benachrichtigt, von jetzt ab aufs Dresdner
Konto zu überweisen, mal wird es ja doch
wieder ins Reine kommen. Sei bitte so lieb und
schicke mir beiliegende Einverständnis-
Erklärung unterschrieben zurück.

Seit gestern gehen beide Kinder wieder
in die Schule, ein Kapitel, das sicher
auch manches Kopfzerbrechen mit sich bringen
wird.

Es muss ein Sprung getan werden, um an die
anderen heranzukommen und von Streidelsdorf
sind wir reichlich außer Form, aber auch das
wird sich tun. Zwischendurch wieder mal die
Sirene. Wir versuchen immer noch Muttels
Bruder anzurufen und bilden einen großen
Familienkreis. Mutti ist wieder fieberfrei
und...ganze ... leider unleserlich. Opa greift
sich von Zeit zu Zeit die 5 Gören und führt sie
an die frische Luft.

Oma etwas leicht nervös, sucht Mücken, um
Elefanten daraus zu machen. Ich bemühe mich
– bisher leider vergeblich- seelische Hornhaut
zu bekommen.

Daneben bleibt die große Hoffnung, auch von
dir wieder mal ein Lebenszeichen zu
bekommen! Herzliche Grüße u....... v. D. M u K.

Es fehlen1-2 Briefe, da das die zwei für den großen Angriff sind, werde ich meine eigenen Erinnerungen bemühen müssen.

13/14 Februar 1945

Um 21.30 das erste Mal in den Keller, großer Angriff über eine Stunde mit Bombenpfeifen und Wände wackeln, Kalkrieseln. Entwarnung,

Klaus und ich gingen vor die Tür, die Kiefern hinter Hochmanns Haus bogen sich im Sturm (Feuersturm wie ich heute weiß). Dahinter loderten Flammen. An Klaus sauste so etwas wie ein Geschoß vorbei, wir haben es nie jemand erzählt. –

23.30, wir hatten gerade beschlossen, ins Bett zu gehen. Alarm, wieder runter, gleiche Prozedur. Ich weiß nicht mehr wie lang. Tot müde ins Bett. Kommenden Tag ging es wieder los......

Die nächste Zeit roch es furchtbar nach verbrannten Knochen, ich habe Mutti vergeblich gefragt, woher das kommt. Heute weiß ich es....

Eingebrannte Erinnerung, wir beide Klaus und ich sitzen auf der Bank im Keller mit nassen Tüchern vor den Gesichtern, Mutti kniet vor uns und hält uns fest. Der Kalk rieselt von den Wänden. Tiefflieger rattern wie Eisenbahnwagons an uns vorbei. Jeden Tag mehrere Angriffe, immer Angst!

Dresden, den 19.2.1945
M.l. kl.V.
Aus den Kleidern sind wir immer noch nicht
gekommen. Am Sonnabend machte ich den
schüchternen Versuch, etwas mehr
auszuziehen. Aber zwecklos, nachts mussten
wir doch wieder raus.
Gestern Abend um acht, jetzt Mittag 2 Uhr sind
wir eben wieder hoch. Dazwischen stehen wir
dann an, um die lebensnotwendigsten
Esswaren zu beschaffen.
Von außen dringt keinerlei Nachricht zu uns,
Strom fehlt noch und unsere Kerzen sind zu
Ende. Die „Reiker" waren Freitagabend wieder
gekommen und sind heute wieder rüber, weil
ihnen die Wohnung genommen werden soll.
Heinz ist für weitere 3 Tage zu seiner Familie
abkommandiert.
Nachts wachen wir immer je zwei
Mann/Frau 2 Std. um den Alarm nicht zu
überhören, denn mal geht irgendeine
Sirene, mal läuten die Glocken.
    Wasser holen wir aus der Kyrastraße bei Dr.
Klug, Ortsteil Tschieren, der mit Strom, Wasser
+ Gas von Pirna versorgt wird.
    So harrt man der Dinge, was kann
nun wohl noch kommen!!??!! Behalt uns lieb!
Tausend liebe Grüße von Deiner Mutti + Kinder
und der ganzen großen Familie.

Dresden den, 21.2.1945
M. L.kl.V.
Immer noch ist keine Nachricht für mich
gekommen, der letzte Brief war vom 13.1.45.
Hoffentlich geht es Dir besser.

Seit gestern haben wir wieder Wasser und
Strom, also Licht und durchs Radio Verbindung
mit der Außenwelt.

Zwischendurch beschauen wir unseren Keller
zu jeder Tages- und Nachtzeit. Als wir, Mutti
und ich gestern unsere 2 Stunden Wache
hatten, gab es sogar 2 x Alarm.
Aber dann konnten wir bis heute früh
durchschlafen.

Gestern haben wir uns alle gleich aufs
Wasser gestürzt und vor allem die Haare +
Oberkörper gewaschen, ich verstieg mich sogar
bis zu den Füßen. Eine saubere Bluse habe ich
mir auch geleistet.

Allerdings schlafen wir immer noch voll
bekleidet.

Frau Berg hat sich am Sonntag aufgemacht,
um mit ihren Kindern nach Wien zu ihrem Mann
zu fahren. In welchen Etappen und in welcher
Zeit ihr das gelingen wird, ist das große
Fragezeichen.

Heute ist Regen und Stimmung Grau in
Grau. Erna und ich werden gleich wieder von
Laden zu Laden wandern wegen Butter. Seit
Donnerstag tun wir es vor- und nachmittags-
ohne Erfolg.

Brot konnte uns Papa(Opa) beschaffen, so dass wir uns 2 Tage das Anstehen ersparen konnten. 3 Stunden für ein halbes Pfund ist sonst das üblich Maß. Wenn es Strom gibt, wird das wohl bald besser werden.
   Von Kurt habe ich auch über 12 Tage nichts gehört. Merseburg hat auch dauernd Angriffe. L.G.u. K. herzlicht D.M. + Kinder

Dresden, den 2.März 1945
M.l.kl. Vati,
Wieder liegen sehr bange Stunden hinter uns.
   Heute früh um 10 Uhr bekamen wir wieder unliebsamen Besuch. In allernächster Nähe krachte es erheblich.
Dazu schon seit Tagen orkanartigen, fürchterlichen Sturm. (Feuersturm H.M)
Trotzdem hört man mit eingezogenem Nacken grässlich nahe das Pfeifen der Bomben.
Die nächsten fielen Kleinzchachwitzer Ufer/ Ecke Hosterwitzer plus der Straße davor zu uns zu. Weitere drüben jenseits der Elbe sollten wohl diese Schloss  Pillnitz gelten, jedenfalls brennt der Wald dahinter lichterloh, ebenso das Pfarrhaus in Hosterwitz, fraglich, ob die Kirche zu retten ist.
   Die Motorspritze arbeitet jetzt nach 3h noch. Etwa 100m Elbe abwärts von unserer Straße stand ein Lazarettschiff, auch das brannte.

Ich bin nach dem Alarm mit unten gewesen, um auszuräumen. Es waren alles Verletzte aus der Stadt vom vorigen 13 u. 14.Februar - Angriff.

Zum Glück keine neuen Verluste, wir konnten alle Menschen, Medikamente, Lebensmittel und Einrichtungsgegenstände bergen u. in den umliegenden Häusern unterbringen. Was in weiterer Umgebung geschehen ist, haben wir noch keine Nachricht. Strom ist auch wieder weg. Wasser läuft noch, wenn auch langsam.

Heinz, der zufällig während des Angriffs hier war, brachte uns jetzt eben Bescheid, dass in Reik alles in Ordnung ist! Nun bangt jeder vor der Nacht.

Post haben wir immer noch keine. Selbst Erna von Kurt seit 3 1/2 Wochen nicht, auch aus Berlin hören wir nichts.
Recht liebe Grüße von der ganzen Familie.
1000 liebe Grüße + Küsse Deine Mutti und
*Kinder*

*Dresden 6. März 1945*
Mein lieber kleiner Vati,
Endlich hat ein Lebenszeichen von Dir den Weg gefunden, nach 6 Wochen. Heute kamen Deine beiden lieben Briefe an die Eltern und mich. Vom 9.2.1945.

Mit welchem Gefühl, brauche ich dir nicht erst zu beschreiben. Ich wünsche von ganzem Herzen, dass auch Du inzwischen von uns gehört hast. Es liegen wieder einige bewegte Tage hinter mir seit meinem letzten Brief vom Freitag.

Mutti klappte uns abends zusammen. Sie war einfach fertig mit den Nerven und fuhr Sonnabend früh zeitig nach Bodenbach, es hielt sie einfach hier nichts mehr.

Jede Minute ein neuer Alarm zu erwarten u. dann die Stunden im Keller. Mittags, nein schon um ½ 10 saßen wir wieder unten. Schwärme von Bombern zogen über uns hin, wir sahen nach der Uhr, 35 Mi. lang ununterbrochen, das ist eine Nervenprobe. Dazu die Sorge, wo Mutti nun sei. Nach zwei Stunden wieder hoch. Um 5 der nächste Alarm. Abends kamen die Reiker, um hier zu übernachten.

Heinz hatte 4 Betten beschafft. Sie wollten weg und sind Sonntag früh losgezogen.

Von 8-10 zogen Heinz und ich auf Wache. Wir führen sie nach wie vor von 8.00 Uhr abends bis früh 6 Uhr durch. Sonntag pünktlich 9.30 und Montag auch und abends 8.30, so geht das fort.

Mutti kam gestern Mittag wieder zurück, etwas ruhiger, aber sie zittert bei jedem Alarm. Liebe Grüße Mutti und die Kinder

# Einmarsch der Russen

Die nächsten Briefe sind in Haldensleben geschrieben, ich komme darauf zurück.

Aber dazwischen ist viel geschehen: Die Front kam näher, Dresden sollte Festung werden (Verteidigung ohne Rücksicht auf Verluste).

Wir mussten unser Kellerfenster mit Sandsäcken sichern, Die Lager wurden geöffnet und wir bekamen viele Lebensmittel, u. a. sehr viel Zucker. Es gab ganz viele Stoffe ohne Bezugschein und meine Mutter nähte Sommersachen für uns.

Gottseihdank wurde dieser Wahnwitz abgeblasen, wer weiß ob wir diese Kämpfe überstanden hätten.

Die Russen kamen, ich hörte am Abend davor eine Frau rufen, Die Russen sind schon auf der Albertbrücke.

Ja, und dann sahen wir sie: Sie zogen Wagen an Wagen tagelang an unserem Elbufer ein. Die Panjewagen waren mit wertvollen Teppichen und Hausrat beladen. Beutegut!

Es gab auch viele Soldatinnen, komisch, obwohl ich so jung war, beinahe 7 Jahre, waren meine Sinne so geschärft, dass ich wahrnahm, dass es Anwohner gab, die den russischen Soldaten Eingemachtes und andere Esswaren brachten.

Ich war empört und musste von meiner Mutter zum Schweigen gebracht werden.

Dresden im Mai 1945, die Russen waren da und mit Ihnen die Angst der Frauen. Eine Nacht verbrachten wir auf dem Boden bei Hochmanns mit eingezogener Treppe, ca. 20 Leute inkl. zweier Babys und einem Dackel. Es war furchtbar heiß und an schlafen war überhaupt nicht zu denken. Es blieb dann auch das einzige Mal.

Die ständige Angst der Frauen vor Vergewaltigung war groß. Türen wurden zwischen den Gärten angebracht, damit sie fliehen konnten.

Unser Opa und auch Herr Nagel aus dem Haus, lenkten die Soldaten mehrmals ab, damit Mutti und die anderen z. B. aus dem Keller entwischen konnten. Ob wir Kinder ahnten, was Vergewaltigung ist? Wir merkten nur, dass das was Schlimmes sein musste.
Wir durften nur noch Oma rufen, aber wenn die Russen Kinder sahen, waren sie sowieso aus dem Häuschen und lachten mit uns.!!

Der Alltag normalisierte sich allmählich. Wir gingen wieder zur Schule und konnten wieder draußen spielen.

# 60 Jahre später: Nachtrag zu Dresden 1945

Im Jahr 2005 lud mein Bruder Klaus uns Geschwister zu einem Konzert in die Frauenkirche in Dresden ein.

Er war in dem Förderverein des Gotteshauses und es war ich ihm großes Anliegen, dass wir noch einmal alle beieinander waren.

Er war zu dieser Zeit schon schwerkrank und die Reise war eine Tortur für ihn. Aber er hatte sich das vorgenommen. Wir blieben 2 Tage und fuhren einen Tag nach Kleinzschachwitz.

Am Elbufer hakte er sich bei mir unter und wir gingen gemeinsam die Uferstraße entlang. Die Anderen ließen uns ungestört reden.

Auf einmal sagte er; „Weißt Du, dass ich dich hier vor den Tieffliegern gerettet habe"?
Wir hatten da unten gespielt, als die Flugzeuge kamen. Die SS hatte am Flussufer Schützengräben angelegt. Die sollten getroffen werden. Mein Bruder hat mich angebrüllt und weggezogen, und wir sind wohl dann ganz schnell nach Hause gerannt.

Ich hatte keine Ahnung davon, obwohl mein Gedächtnis bis in meine frühe Kindheit reicht, ist das völlig weg. Bis zum heutigen Tag hat mein Gehirn die Erinnerung daran nicht preisgegeben, der Schock muss furchtbar gewesen sein.

# Muttis Reise nach Stettin

Trotz der unsicheren Zeiten wagte sich unsere Mutter im Juli 1945 auf Betreiben ihrer Schwiegermutter per Anhalter nach Stettin. „Du musst nach Eurer Wohnung sehen" war ihr Argument.

Sie fuhr mit russischen Offizieren, in Güterwagen auf offenen Kohlentendern, saß im Wasser und verdarb sich den Unterleib. - Ich erinnere mich noch genau an das Kleid, das sie auf dieser Reise trug:
Ein geblümtes Dirndl, mit ocker/beigem Grund mit unendlich weitem Rock und riesigen Taschen darin, selbst genäht. Es blieb ihr Rucksackkleid.

Mein Geburtstagskleid im Juni 1945 war aus einem weißen Stoff mit dunkelblauen Sternen und hatte Flügelärmel. Es war auch ein selbst genähtes aus dem Stoff der Zuteilung Wochen vorher.
Zur Feier meines 7. Geburtstages waren wir bei Muttis Zahnärztin, Frau Dr. Zink, eingeladen, alle meine Freundinnen und Freunde und durften ihren Kirschbaum plündern. Wie mein Kleid danach aussah, brauche ich wohl nicht zu schildern.

Doch zurück zu Muttis ungewöhnlicher Reise.

Sie kam an einem Tag um 9.00 Uhr in Stettin an und erfuhr, dass die Stadt um 10.00 Uhr den Polen übergeben werden *sollte.*

Die Wohnung war anscheinend durch eine Brandbombe getroffen worden, vorher wohl durchsucht worden, denn eine Kaffeekanne, mein Puppenwagen und noch etliche Dinge waren in der Waschküche.

Mutti brachte mir ein Kissen aus meinem Puppenwagen mit. (Das habe ich noch)!

Sie begegnete drei Männern in Lazarett Anzügen und sprach sie an, es waren Polen, die nur lachten.

Enttäuscht machte sie sich auf den beschwerlichen Heimweg nach Dresden. Sie fuhr über Berlin Karlshorst und besuchte Urgroßvater Stephan Er gab ihr einige Kleinigkeiten für uns mit.

In diesem Herbst ist er dann buchstäblich verhungert und mit 85 Jahren verstorben.

Als Mutti wieder nach Dresden kam, hatten wir keine Lebensmittelkarten mehr bekommen, da die Stadt mit Flüchtlingen überfüllt war und eine große Hungersnot in Dresden herrschte.

# Wieder wandern

Anfang August machten wir uns auf nach Haldensleben.

In Magdeburg trafen wir uns mit Onkel Kurt und bekamen für die Nacht nur das Bügel Zimmer des Hotels, der Geruch steckt mir noch heute in der Nase. Auch das trostlose ausgebombte Magdeburg steht lebhaft vor meinem geistigen Auge. Ich konnte schon als Kind Stimmungen erfassen und diese Stimmung ist da, wie ich hier schreibe.

Es war auch für uns nicht leicht gewesen, wieder weg zu gehen.

Wir hatten Freundschaften geschlossen, in der Nachbarschaft und auch in der Schule. Aber langsam waren wir die Wanderschaft ja gewohnt, also wieder eine neue Schule in Haldensleben.

Wir lernten neue Verwandte kennen, die brandtsche Sippe, da war Tante Anna und Onkel Otto, Omas Bruder Handschuhfabrikant und seine Frau Anna, ihre Schwester, Tante Ida Villarett, die Kinder und Schwiegerkinder der Brandts. Ich erinnere mich an den kleinen Otto, Tante Else, Tochter Monika und und....

Sie hatten einen weiten Hofkreis mit mehreren Häusern und einen großen Garten, die Haselnüsse wurden gerade reif.

# In Haldensleben

Wir wohnten mit unserer Oma Fritsche in zwei Zimmern bei Johns.

Oma ging zum Schlafen zu ihrer Schwester Ida.

Herr John sagte immer zu mir, Du bist ja gar keine witte(weiße), sondern eine swarte und dann durfte ich gelbe große längliche, saftige Birnen im Garten auflesen.

Es gab Wanzen in dieser Wohnung und wir bemühten uns, sie los zu werden.

Wir liefen fast nur barfuss in diesem herrlichen Spätsommer,

Wir stoppelten Zuckerrüben und Kartoffeln und die Mutti ging mit Klaus in den Stendaler Wald ganze Baumstämme zu fällen, damit wir im Winter was zu heizen hätten.

Die Erde war rot und staubig und blieb immer zwischen meinen Zehen hängen und das mochte ich gar nicht und ich plärrte viel. ...

Wir gingen in die Schule und hatten sozialistischen Unterricht.

Auf dem Marktplatz hing das Bild von Josef Stalin, ich brauchte einige Zeit um die Geschichte von Maria und Josef nicht mit Josef Stalin in Verbindung zu bringen. Ich habe das nie jemand erzählt.

Wir lernten neue Freunde kennen und Mutti bemühte sich Verbindung mit unserem Vater zu bekommen.

Postbetrieb gab es nicht, schon gar nicht zwischen den Zonen. Leute brachten Nachrichten mit und wieder andere gaben sie weiter. Wir erfuhren durch die Großeltern, dass unser Vater in Sicherheit ist.

Nachdem nun Mutti wochenlang vergeblich Briefe geschrieben und irgendwelchen Leuten mitgegeben hatte, bekam sie endlich Anfang Dezember 1945 einen Brief in die Hand, der schon im September von Vati geschrieben worden war, aber erst so spät in ihre Hände gelangte.

In jedem Brief hatte sie ihm unsere Lage geschildert. Und wie viel sie schon an Vorräten für den Winter angeschafft hatte, Kartoffeln, Sirup und Brennmaterial. Viel neues Geschirr, hellgelb aus der Gegend!

# DER ERSTE BRIEF VON UNSEREM VATER

**Nürnberg 5.9.1945**

Meine liebe gute Mutti,
Hoffentlich erreichen Euch nun diese Zeilen und vielleicht
ist es Dir möglich, mir auf demselben Wege Nachricht zu geben, damit ich endlich weiß, was mit Euch los ist.
Mein Erleben in den letzten Monaten zu schildern ist wohl wert, in einem Roman besungen zu werden. Fest steht jedenfalls, dass ich am 15. Mai in englische Gefangenschaft kam und vor 14 Tagen aus Schleswig-Holstein nach Coburg entlassen worden bin. Von dort bin ich durch das Arbeitsamt nach hier vermittelt worden.
Ich wünsche mir nur, dass es eine Möglichkeit gibt, wie wir wieder zusammenkommen. Augenblicklich bin ich hier in einem Massenquartier und habe nicht einmal Gelegenheit in Ruhe zu schreiben, weil alles durcheinander quatscht. In den nächsten Tagen bekomme ich bei meinem Meister ein Zimmer und kann auch Dich und die Kinder unterbringen. Anfangen müssen wir natürlich ganz von vorn, doch hoffe ich, dass ich bald wieder in meinen Beruf reinkomme, da ich ja nicht in der Partei war.
Von dir muss ich ja auch furchtbar viel wissen, wie geht es Dir, den Kindern, den Eltern, Heinz. Hast Du Nachricht von Deiner Mutter.

Wie sieht es überhaupt bei Euch aus?
Wir erfahren leider nichts, da es sehr schwer
ist, über die Grenze zu kommen.
Hoffentlich kannst Du dem Herren, der den
Brief mitnimmt, auch gleich Antwort für mich
mitgeben.
Ich versuche jedenfalls von hier aus Alles, um
Dich und die Kinder nach hier zu bekommen.
Wann werden wir uns endlich wieder sehen?
Hältst du es für richtiger, wenn ich nach dort
komme.
Recht, recht liebe Grüße und Küsse in Liebe
Euer Pappi

Als nun endlich die ersehnte Nachricht eintraf,
machte sich unsere gar nicht ängstliche sehr
resolute Mutter sofort auf den Weg.

Schwarz über die Grenze zu gehen, war nicht
ungefährlich, aber es gab Schlupflöcher, Leute
die Pässe verliehen etc.

Nach einem vergeblichen Versuch, nahm sie
diese Gelegenheit in Anspruch.

So gelangte sie an einem schönen Samstag
Abend in Leutershausen/MFR an.
Die Belegschaft der Firma Strasser (**Siehe auch
nächstes Kapitel**) feierte im Gasthaus „Schiller".

Mutti sagte draußen wer sie sei und bat
unseren Vater aus dem Saal raus. (Völlig
verschmutzt und erschöpft, hatte sie nicht den
Mut alleine rein zugehen).

Als ihm gesagt wurde, da draußen wartet ihre Frau, war seine Antwort, Sie sind verrückt!

War das ein Wiedersehen!

Für Mutti war es wie im Paradies, sie erzählte es oft Weißbrot und Milch zum Frühstück.

Nun beschlossen die Eltern uns zu holen, sie hatte uns in der Obhut ihrer Mutter, Oma Fritsche, zurück gelassen.

Die gleiche Prozedur wie vorher, sie wurden mehrmals von den Russen zurück geschickt, einmal sogar gefangen genommen. Nach Tagen klappte es dann und sie kamen durch.

# Wie unser Vater Leiter einer Eisenwarenfabrik in Leutershausen wurde

In den letzen Kriegstagen im April 1945 bekam Vati den Marschbefehl zu einem Offiziers Lehrgang weg von seiner Einheit in Russland, einer Baukompanie, nach Riga in Lettland.

Da die Russen immer näher rückten, beschloss man dort, sich abzusetzen und zwar über die Ostsee.

Wenige Tage später erreichten sie Kiel und wurden über Sprechfunk von den Engländern aufgefordert, alle Waffen in das Wasser zu werfen und sich zu ergeben.

Was machten aber die erleichterten Soldaten, sie verballerten alle ihre Munition und veranstalteten ein Freudenfeuer.

Noch Jahre später erzählte unser Vater uns immer wieder von dem Feuerwerk.
Wie sie es angestellt haben, dass die Engländer sich nicht bedroht fühlten, weiß ich nicht. Tatsache ist, dass das Feuerwerk von einem unglaublichen Gejohle begleitet wurde, man wusste:
„Der Krieg ist für uns zu Ende und wir sind nicht beim Russen". (siehe auch Brief vom 05.09.1945)

Seine Kameraden aus der Baukompanie
wurden alle von den Russen gefangen
genommen und kamen nach Sibirien.

Die Engländer nahmen sie am Kai in
Empfang und brachten sie in ein Lager. Leider
gab es aber dort nicht genug zu essen, 6 Kekse
am Tag war die ganze Ration.
Die Landser konnten sich aber 30 km im
Umkreis frei bewegen und sich selber Essen
beschaffen. Brennnessel waren nun in jeder
Form, hauptsächlich als Spinat im Kochgeschirr
zubereitet, eine Hauptnahrung. Er konnte sie
später nicht mehr sehen, obwohl sie sehr
gesund sind.

Natürlich wurde noch anderes „organisiert",
wie das in der Nachkriegszeit allgemein üblich
war. Im August 1945 wurde Vati nach Coburg
zu Onkel Franz, einem Bruder seines Vaters
entlassen.

Die Entlassung ging nur nach einer Adresse
in den Westzonen, also nicht zu seinen Eltern
nach Dresden, denn da saßen ja schon seit Mai
die Russen und auch wir, Mutti mit Klaus und
Hannelore waren dort gewesen und im Juli
1945 weiter nach Haldensleben gezogen,
zwangsläufig. Siehe oben!

In Coburg blieb Vati nur eine kurze Zeit,
denn er musste sich ja Arbeit suchen, also ging
er nach Nürnberg, um dort mit aufzubauen.

Vor seinem Bauingenieur Studium hatte er Maurer gelernt und bekam dort mit Kusshand eine Anstellung. Wenn es auch beschwerlich war nach soviel Jahren wieder handwerklich und unter diesen Bedingungen, die nach dem Krieg herrschten, zu arbeiten.

An einem Sonntag im August machte er sich auf, ein Versprechen einzulösen: Seine Kameraden von der Baukompanie waren zum größten Teil aus Franken und sie hatten einander versprochen, wer zuerst heimkommt, der sucht die Angehörigen der anderen auf.

Vati fuhr bis Ansbach mit dem Zug und wollte dann die 14 km nach Leutershausen (wie in den späteren Jahren wenn er aus München kam, noch öfters geschehen) zu Fuß gehen.

Nach einigen Kilometern holte ihn ein Auto ein, ein Holzvergaser, weiß heute kein Mensch mehr, was das war. Der Fahrer lud ihn ein, einzusteigen.

Sie kamen ins Gespräch, es war Herr Strasser, ein Schweizer, der in Leutershausen eingeheiratet hatte.

Er war dabei, eine Eisenwarenfabrik aufzubauen, die aus Kanonen und anderem Kriegsmaterial, Gebrauchsgegenstände und Baumaterial herstellen sollte. Er suchte noch einen technischen Leiter. Unser Vater schien ihm der richtige Mann zu sein.

Was er dann ja auch in drei Jahren Leitung beweisen konnte.

Leider ging der Betrieb nach der
Währungsreform 1948 in Konkurs, denn es gab
ja wieder alles, nur das Geld war knapp.

# Wiedersehen in Haldensleben und Ausreise nach Leutershausen

Als ich Vati in diesem Dezember/45 wieder sah, war ich gerade beim Hausaufgaben machen, daher bat ich ihn als erstes, mir einen Bleistift zu spitzen, ganz normal!
Nun wurde beratschlagt, was zu tun sei, um ausreisen zu können.

Mutti stellte einen Antrag und setzte unseren Vater als Kind mit auf den Antrag, den Tipp hatten sie von jemandem bekommen.

Unser Vater musste aufpassen, in dieser Zeit wurden alle Ingenieure nach Sibirien verschleppt.

Endlich bekamen wir die Genehmigung zur offiziellen Ausreise aus der „Ostzone" nach der „Westzone" für den 12.12.1945.

Unsere Oma Fritsche blieb zuerst noch in Haldensleben bei ihrem Bruder und der Schwester. Später holte Onkel Kurt sie nach Merseburg.

Wir hatten ein unwahrscheinliches Glück, alle vorherigen Flüchtlingstransporte waren an der Zonengrenze geplündert worden.
Die Züge wurden zwar versiegelt, was aber anscheinend die Plünderer nicht davon abhielt, die Züge trotzdem auszurauben.

Es waren sehr viele Menschen verschiedenster
Nationen in ganz Europa auf der Wanderschaft
und jeder versuchte sich irgendwie einen
Vorteil zu verschaffen. Die Besatzungsmächte
wurden oft dieser Anarchie nicht Herr. Alles
war in diesen Monaten nach dem Krieg aus den
Fugen geraten. –

Während unseres Grenzübergangs begrüßten
sich an der Zonengrenze der russische und der
englische Kommandant, das rettete uns.
Niemand wagte in den Zug einzudringen.
Wir landeten zunächst in Münster in Westfalen
wo der offizielle Transport endete.
Bis hierher waren wir noch in richtigen
Waggons gereist.

Die Engländer nahmen uns in einem
Auffanglager in Empfang und entlausten uns,
d.h. in die Öffnungen. unserer Oberbekleidung,
Halsausschnitte etc, wurde mittels einer großen
Spritze DDT oder dergl. gepumpt.
Weißes Pulver, das furchtbar juckte.
Waschen war nur notdürftig möglich. -
Von hier aus ging es in Viehwaggons, die mit
Stroh ausgelegt waren, weiter Richtung Rhein.
Wir kamen nur stockend voran, da wir ja nicht
in den Fahrplan passten und so wurden wir
ständig irgendwie umrangiert.

Da passierte es, dass ein 15-jähriges Mädchen, das in der Tür stand und auf ihre Tante wartete, durch abruptes Bremsen hinten über fiel und sich das Genick brach. Alles voller Blut! Ich wurde wieder mal ohnmächtig.
Meine Eltern erfuhren, dass das junge Mädchen gerade von seiner Tante wieder zur Mutter, die dienstverpflichtet gewesen war, zurück gebracht werden sollte und dann so etwas. Es war so furchtbar für die Tante.
In einem Streckenwärterhäuschen kam ich wieder zu mir, meine Mutter, die immer Traubenzucker pur für mich dabei hatte, brachte mich wieder auf die Beine. Wir wurden in einen sauberen Waggon umgelegt und irgendwann ging die Reise weiter.

Es ging den Rhein runter, mein Vater hob mich hoch an das vergitterte Fenster und sagte ein über das andere Mal:
„Da schau, der Rhein", ich konnte gar nichts damit anfangen.

Hatte ich in Münster meinen ersten „Farbigen gesehen", so begegnete uns in Mainz der Zweite meines Lebens. Ich konnte mich gar nicht beruhigen und meinte das sei der gleiche und tröstete mich damit, dass das bestimmt der Bruder gewesen sei. Das ist mir jahrelang liebevoll spöttisch unter die Nase gerieben worden.

Ach ja Mainz, da saßen wir nun mit der uns
verbliebenen Habe auf dem Bahnsteig, es
muss Bahnsteig 1 gewesen sein, denn es war
ein Haus in unserem Rücken.

Auf einmal war da ein großer Amerikaner,
der mit meinem Vater in Englisch verhandelte.
Vati sagte uns dann, dass da ein Stück weiter
ein Militärzug stände, den wir bis nach
Frankfurt am Main benutzen könnten, wenn wir
kein Licht anmachen würden.

Der grau gepolsterte Zug war eine Wucht.
Nach einer Weile kam unser Ami und brachte
uns einen riesigen halben Käse und ein großes
Rosinenbrot. Was für ein Fest. Uns hatte sich
auf der Fahrt eine junge Frau angeschlossen,
die ging mit unserem Vater durch den Zug und
sammelte große Kippen, die wurden aus dem
Papier geschält und es entstanden neu
gedrehte Zigaretten. Leider dauerte die Fahrt
nur ca. eine Stunde, dann wurden wir am
Ostbahnhof in Frankfurt ausgeladen.

Wir kamen in einen Hochbunker, der als
Flüchtlingslager eingerichtet war und noch
lange stand. (Inzwischen abgerissen 2016)
Das meiste Gepäck blieb am Bahnhof in der
Aufbewahrung.
Wir Kinder waren sehr müde und hatten uns
mal freiwillig ausgezogen, um ganz bald
schlafen zu gehen. Auf dem Boden im Stroh!
Mittlerweile war es der 19.Dezember.

Auf einmal stürmte meine Mutter in den Saal, Kinder anziehen, wir fahren nach Nürnberg. Die Eltern hatten an der Anmeldung gestanden, als ein Lastwagenfahrer hereinkam und rief: „Wer will mit nach Nürnberg?" So eine Gelegenheit gab es nicht so schnell wieder, also Vater an den Bahnhof Gepäck holen, Mutter dafür sorgen, dass die Gören gut verpackt auf den offenen Lastwagen kamen. Und ab ging die Fahrt über den vereisten Spessart. Die Männer mussten oft aussteigen und bergab bremsen und bergauf schieben. Wir lagen unter einer Plane mit allem, was wir zum anziehen hatten. Ein Mann erzählte unaufhörlich Witze, wir Kinder kamen aus dem Lachen nicht mehr raus. Das war gut, so spürten wir die eisige Kälte nicht. Unsere Mutter sagte später, die Witze wären so blöd gewesen, egal, uns haben sie geholfen. Auf dem Spessart (Autobahn gab es ja noch nicht), war ein Gasthaus in dem sich die Amerikaner mit ihren Mädchen amüsierten. Hier bekamen wir für 50 Pfennig einen Kaffee und wir Kinder Kakao. -

Und weiter schnurrte der Lastwagen auf den Landstraßen, um 6 Uhr in der Frühe in der

Dämmerung waren wir in Nürnberg auf dem „Plärrer" Mein Vater nahm mich in den Arm und sagte, das ist Dein Platz! Ich war schon eine rechte Plärre. Es war aber auch schwer für so ein kleines Mädchen soviel durchzustehen.

Mein Vater organisierte einen Plattenwagen für das Gepäck. Er hatte ja einige Wochen in Nürnberg gearbeitet und kannte sich aus. Da fuhren wir also als trauriger müder Zug durch die Straßen und auf einmal kommt ein Jeep und fährt uns an.– Alles fällt in den Dreck! Und als wir am Aufheben sind, um zu retten, was geht, kommt ein französischer Reporter und fotografiert uns. Meine Mutter wollte dem an die Gurgel! Vati konnte sie hindern!

Dann ging es noch in Etappen von Nürnberg nach Ansbach und von da nach Leutershausen.

Immer konnte unser Vater irgendwelche Leute chartern, die uns mit dem Auto ein Stück weiter transportierten.

Immer wenn Mutti etwas zu essen auspackte, mit weißer Serviette auf den Knien, weiß der Himmel wie das schaffte, wurden wir mit genommen

Am 20. 12. 1945 gegen Abend waren wir endlich am Ziel in Leutershausen.

# Mein schönstes
# Weihnachtsfest

Nach Ankunft in Leutershausen konnten wir zwei Zimmer unter dem Dach mit einem großen Trockenboden dazwischen, beziehen.

Das Schlafzimmer war ohne Heizung die Wände glitzerten von Eis. Der Wohnraum wurde mit einem Kanonenofen beheizt, die Toilette war ein Stockwerk tiefer in einer anderen Wohnung.

24. Dezember, nach dem Gottesdienst in der evangelischen Kirche sollten wir zu Hause beschert werden, meine Mutter hatte schon im Osten einige Kleinigkeiten für uns besorgt.
Da ließ uns schweres Poltern aufhorchen, die Tür flog auf, ein vermummter Weihnachtsmann trat ins Zimmer.
Es war, wie die Erwachsenen gleich erkannten, der Chef meines Vaters. Er hatte 2 Jutesäcke dabei, die er mit gehörigem Schwung leerte, dass alles nur so über den Boden sprang.

Wie staunten wir über die „Schätze", Töpfe, eine Pfanne, Kochlöffel und andere Haushalts-Gegenstände kamen zum Vorschein, unschätzbare Werte für Leute ohne „Alles".

Aber auch wir Kinder kamen nicht zu kurz, Äpfel, Nüsse, Plätzchen und einige gebrauchte Spielsachen waren in dem zweiten Sack gewesen. Die Überraschung war perfekt.

Aus heutiger Sicht denke ich, schön, dass es
solche Menschen gab, die wussten wo es fehlte
und mit anderen ihre Habe teilten.
Ich glaube, es war nie wieder so Weihnachten
für mich, wie an diesem Heiligabend 1945
   Als die Glocken zum Spätgottesdienst
läuteten, merkten wir, dass wir endlich „Frieden
hatten", es keine Bombenangriffe mehr gab,
keine Wanderschaft, keine Angst, keine
Fragen, wo wir heute schlafen sollen ...., wir
waren zu Hause angekommen.

# Nachkriegskindheit

Gewidmet dem Städtchen Leutershausen und meinen Spiel - und Schulkameraden

Gerade in diesen Tagen, wo sehr viel über das Kriegsende und die Nachkriegszeit geschrieben und gesendet wird, ist es vielleicht ganz interessant, sich Gedanken darüber zu machen, wie wir Kinder diese Zeit empfunden haben bzw. wie wir sie aus heutiger Sicht sehen.

Ich bin Jahrgang 1938, war also bei Kriegsende 7 Jahre alt und hatte in diesem Alter (wie die meisten meiner Generation) schon mehr Schreckliches erlebt, als ein Erwachsener in Friedenszeiten: Bombenangriffe, keine Nacht durchgeschlafen, Flucht, Tote, Einmarsch der Russen, Angst um die Mutter. Im Dezember 1945 Umsiedlung aus der russischen Zone. Dann Weihnachten 1945 - Ruhe ! Leutershausen war erreicht.

Alles war sehr bescheiden, zwei Zimmer unter dem Dach. Aber wir waren zusammen, hatten unseren Vater wieder, wir waren wunschlos glücklich.

Es gab Menschen, die wussten was uns fehlte und uns halfen. Es gab aber auch welche, die uns Zigeuner nannten und sagten, wir sollten dahin gehen, wo wir hergekommen waren.

Das konnten wir Kinder nicht verstehen, dass
es Erwachsene gab, die nicht wussten warum
wir weggegangen waren und eine neue  Heimat
suchten, Gott sei Dank war das die
Minderzahl......

Die folgende Zeit war, unsere Kinder werden
uns belächeln, eine trotz Not, Entbehrungen
und viel Mithilfe in der Familie, sehr glückliche
und erfüllte Kindheit.

Wir waren ganz bewusst dankbar für keine
Bomben und Schrecken mehr und wir hatten
das Glück, durch die damaligen Umstände, eine
einfache natürliche Lebensweise kennen zu
lernen.

Im Sommer 1946 bekamen wir eine möblierte
Wohnung bei Hüttners, die Großmutter war
gestorben.

Jeder im Haushalt, auch mein Bruder Klaus
und ich, hatten seine Aufgaben. Wir hackten
Holz, stapelten es und brachten es auch täglich
in die Wohnung hinauf. Ich als Mädchen musste
schon mit neun Jahren stopfen lernen, denn
man konnte keine Sachen nachkaufen.
Ich sehe mich noch über die Militärsocken
meines Vaters gebeugt, wenn 's mir zu bunt
wurde (zu lange dauerte), zog ich die Löcher
einfach zusammen.
Meine Mutter schnitt sie wieder auf. Wenn mein
Vater nach Hause kam, half er mir mit viel
Geduld mein Pensum zu erledigen.

Wir mussten auch „schwarze Milch" holen. Ach schicken Sie doch die Kleine, das fällt nicht so auf, sagten die Bauern.

Eine „Milchbekanntschaft" bekamen wir, als mein Bruder Klaus beim Bäcker in den Kuchen von der Schmiede, Schlump hießen die, glaub' ich, getreten war und unser Vater hinging, um das wieder gut zu machen. Wie oft habe ich in der dunklen Schmiede gewartet, bis gemolken war. Ich rieche es noch heute, den Geruch nach verbranntem Horn!!! Der Heimweg war grauslich, es brannten meist keine Laternen.

Auch „schwarzes" weißes Mehl musste ich in der Thomasmühle holen in einem Säckchen aus Leinen, später erfuhr ich mal von meiner Mutter, dass dies der Bezug von unserem Heizkissen war.
Ich kam mir ungemein wichtig vor, zur Ernährung der Familie auf diese Weise beitragen zu können.

Nach einem dieser Mühlengänge kam ich an einem Garten mit Hecke vorbei. Drinnen lockten Veilchen, die wollte ich meiner Mutter mitbringen. Doch als ich durch die Hecke geschlüpft war und mich bückte, entdeckte ich im Grase ein Ei. Schnell hob ich es auf und versteckte es in meiner Rocktasche und hielt es dort fest, in der anderen Hand den Mehlbeutel kam ich triumphierend heim.
Meine Mutter freute sich über die Bereicherung des Speiseplans.

Gerne halfen wir beim Bauern bei dem wir wohnten auf dem Feld. Mein Bruder und ich banden Garben, rechten Heu und fuhren ganz oben auf dem hoch bepackten Heuwagen nach Hause. Wie schön war es, ganz dicht unter den Zweigen der Bäume dahin zu fahren.

Im Herbst buddelten wir Kartoffeln aus und nahmen heimgekehrt an dem Vesper mit Speck und Brot und Most teil. Unsere Mutter sparte dadurch ein Abendessen für uns und wir wurden wieder richtig satt.

Zu meiner Freundin Hilde Beck ging ich zum Heu stampfen. Das Heu kam per Greifer hoch in die Scheune und wurde herunter geworfen, wir mussten es fest treten. D. h. wir durften von den höheren Stockwerken herunter springen und verbanden so das Nützliche mit einem Riesenspaß. –

Kam ich nach dem Mittagessen zu Becks, entspann sich oftmals folgender Dialog zwischen der Großmutter und mir: „Hast du schon gegessen"? „Ja", „ hast du noch Hunger? „ Ja"! Und dann wurde mir aufgepackt, aber anders als zu Hause, mit viel Fett. Regelmäßig wurde mir schlecht!!

Wie liebte ich die Sonntagswanderungen mit der Familie, die sich über mehrere Stunden hinzogen und von denen wir mit vielen Schätzen nach Hause kehrten. Das Einzige, was wir nicht mochten, war Kleinholz sammeln.

Noch Jahre später, wenn unsere Mutter aus dem Kofferraum des Autos Taschen zog und uns dazu aufforderte, reagierten wir allergisch.

Wir sammelten Pilze, Blaubeeren, Schlehen nach dem ersten Frost, Holzbirnen, Kümmel und Pfefferminze, Brombeeren, Himbeeren und allerlei andere Blätter und Kräuter für Tee. Unser Vater machte Witzchen und erklärte uns die Natur. Er unterwies uns in Geschichte, wie es ihm gerade in den Sinn kam, oder weil sich ein Anlass bot.
Wir hatten Zeit füreinander auf diesen Wanderungen. Als dann Anfang der fünfziger Jahre das erste Auto angeschafft wurde, fielen diese schönen Sonntage aus, es wurde zum „Kaffee trinken" gefahren. Ich reagierte ausgesprochen sauer darauf, obwohl schon über 12 Jahre, „fühlte ich mich irgendwie ausgestoßen aus dem Paradies"! Doch dies war später als der Wohlstand begann, die Jahre nach dem Krieg beinhalteten für mich noch eine Fülle von anderen Erlebnissen, die mir noch heute viel bedeuten:

Da war der Gang zum Schwimmbad in den herrlich heißen Sommern, besonders 1947, nur in Spielhöschen und barfuss, die ersten Schwimmversuche, der erste Sprung vom Brett. Hatte ich kein Geld, der Eintritt für Kinder kostete 5 Pfennige, schwamm ich über die Altmühl, denn es ist ja eine Flussbadeanstalt dort.

Abends gingen wir noch mal schwimmen in den Weiher. Die Oberfläche war noch warm, die tieferen Schichten eiskalt. Da gab es den großen Stein, von dem wir uns abstießen und es störte uns nicht im Geringsten, wenn manchmal die Fische mit den Bäuchen nach oben schwammen.

An anderen Abenden wurde „Hexeluderles" gespielt oder „wer fürchtet sich vor dem schwarzen Mann", „Verstecken" und „Fangen", „Mutter, wie weit darf ich reisen?". Bei letzterem suchten wir uns immer die längsten Orte aus. (Für jede Silbe einen Schritt)

Im Herbst höhlten wir Futterrüben (Rangers) aus, machten Augen, Ohren und Mundhöhlen hinein, stellten ein Licht rein und erschreckten die Leute auf der stockfinsteren Straße. Die Laternen brannten ja wegen der Stromsperren selten. Wurde jemand der Erschreckten böse und verfolgte uns, rannten wir klopfenden Herzens in einen Hausgang. An einmal erinnere ich mich besonders, da landeten wir bei der Familie Horndasch im Gang, konnten uns aber unbemerkt wieder davon schleichen.

Im Winter banden wir Schlitten an einander und sausten nun als ganze Züge die abschüssige Straße hinab..

Wisst Ihr noch, was wir gerufen haben??
„Bahn frei, mein Schimmele wird scheu"!!!!! –
Autos? Die waren so selten.Unsere Eltern
brauchten sich darüber keine Sorgen zu
machen.
Streuten die Erwachsenen aber Sand oder
Asche auf „unsere Bahn",  wurden wir sehr
böse und besserten sie schnell wieder aus.
An Winterabenden besuchte man sich
gegenseitig,. Man ging auf den „Vorsitz" und
spielte „siebzehn und vier" und „Elfer raus".
Wie erwähnt, war der Strom oft abgesperrt,
dann saßen wir bei Petroleum oder Gaslampen
beieinander. Im Kachelofen brutzelten die
Bratäpfel, das war sehr gemütlich.
Meine Erinnerungen gehen da besonders zu
den Familien Fetzer und Pfeifer, beide Luisen
waren unsere Spielkameradinnen.
Ganz selten waren wir auch einmal „Bock"
miteinander.
   Schleckereien waren in diesen Zeiten sehr
rar. Aber Dörrpflaumen, Kandiszucker und
selbst gemachte Karamell Bonbons schmeckten
uns sehr. Das erste Eis, das es wieder gab,
kostete 10 Pfennige und war wohl noch etwas
wässerig, wurde aber von uns mehr genossen,
als mancher Eisbecher heute.
   Ich erinnere mich noch daran, als es wieder
die ersten weißen Brötchen gab, wir holten sie
schon um 7 Uhr beim Bäcker und aßen sie
voller Genuss trocken, schon vor der Schule.

Alle, die ihr mit mir Kind wart, denkt sicher
auch noch daran zurück, wie das mit dem
„Maikäfer sammeln" war.
Da gab es die Schlotfegerli und die Müller
usw., wir sperrten sie in Zigarrenkisten oder
kleine Kartons mit Blättern und hörten sie
nachts knistern.
Wie oft waren die Käfer über Nacht
ausgebrochen, alle fanden wir nie wieder.

Wer weiß denn heute noch wie Sirup
gemacht wird, wir Nachkriegskinder wussten es
genau, wir waren nämlich an der Herstellung
maßgeblich beteiligt.
Angefangen beim „Rübenstoppeln".
Zu Hause mussten wir sie mit der Wurzelbürste
schrubben, bis sie ganz weiß waren.
Nun wurden sie geschnitzelt, wenn man Glück
hatte, machte das ein Bauer in der Futterrüben
Schneidemaschine, dann wurden sie gekocht
mit Wasser im Waschkessel, oft auf dem Hof.
Nachdem die ausgekochten Rübenstückchen
abgeschöpft waren, wurde der verbleibende
Saft durch stundenlanges Einkochen unter
ständigem Rühren eingedickt. Das dauerte sehr
oft bis in den frühen Morgen und unsere Eltern
wechselten sich in der Arbeit ab.
Die Mütter dieser Zeit buken auch Brot aus
allerlei, unter anderem aus Maismehl und
Kartoffeln. So eine Scheibe Brot auf der
Herdplatte geröstet und mit Kümmel bestreut
war oft eine Zwischenmahlzeit, wenn wir
hungrig vom Spielen kamen.

Fest halten möchte ich hier noch eine Episode, die mir neulich bei der goldenen Konfirmation der 36er in den Sinn kam: Schulausflug nach Schillingsfürst Frankenhöhe, mehrere Klassen. Wir hatten von unserer Mutter Kartoffelsalat mit Maggi angemacht mit bekommen. Einige Klassenkameraden von meinem Bruder Klaus nahmen dies zum Anlass folgendes zu dichten: Witwe Bolde (Spitzname von Klaus in der Klasse) in den Keller trollte und Ebiernsalad (Kartoffelsalat) hollte.

Übrigens vergessen ist auch nicht unsere Handarbeitlehrerin, Fräulein Johanna, erstens brachte sie uns das Stricken bei und zweitens hatte sie ein kleines Negerlein dort stehen, das nickte, wenn man ein Geldstück in einen Schlitz steckte.

Von meinem Chef, dem ich diese Zeilen zu lesen gab, wurde ich gefragt, warum ich nichts über die Schule geschrieben habe. – Wie das damals war, wisst Ihr sicher alle noch: Anfangs für 8 Jahrgänge 2 Klassen, später hatten wir schon unsere eigene Klasse.
Ich erinnere mich an die Lehrer Priesnitz und Mendtner,

Mit Lehrer Mendtner gingen wir nachmittags Kartoffelkäfer sammeln und nebenbei wurden Äpfel geklaut, so dass er es nicht merkte. (Dachten wir)

Wir Mädchen beschuldigten uns gegenseitig ein Lehrers Liebling zu sein, weil wir uns abwechselnd mit Herrn Mendtner unterhielten. Der Platz an seiner Seite auf diesen Wanderungen war sehr begehrt.

Während des Unterrichts habe ich mal eine Riesenschellen (Ohrfeige) von ihm bekommen, weil ich vorgesagt habe.

Wenn der Schulrat kam, wurden die weniger guten Schüler gebeten, zu Hause zu bleiben, unser Herr Lehrer wollte halt glänzen mit seinen Schülern.

Im Rückblick möchte ich sagen, ich denke wir haben mehr gelernt als die Kinder heute und vor allem gründlicher. Schon in der Volkschule gab es Geschichte, Heimatkunde, Erdkunde und Naturkunde. In diesen Jahren und bei diesen Lehrern wurde bei mir der Grundstock gelegt, ein Leben lang neugierig auf alles zu sein und zu bleiben.

Dies war ein kleiner Querschnitt durch eine Zeit, die allgemein als arm gilt, für mich war es aber eine reiche Zeit!

*Zeichnung von mir in der Schule*
*In Rothenburg o/T*

# Leutershausen ab 1946
# Horsts Geburt

Leutershausen im Spätsommer 1946, unsere Mutter kam nach Neundettelsau ins Krankenhaus, um die Unterleibsschäden zu beheben, die sie auf ihren diversen Fahrten besonders der abenteuerlichen nach Stettin im Juli 1945 erlitten hatte.

Vati fuhr mit uns eines Sonntags sie zu besuchen. Der Zug endet 7 km davor, wir mussten laufen.

Ich hatte ein Strickkleid an, das irgendwann mal eine Handtasche meiner Mutter gewesen war. Es wurde in der Hitze immer länger, ich konnte bald drauf treten. Völlig erschöpft kamen wir am Krankenbett an. Ich kann nicht mehr genau sagen, ob wir auch zurückgelaufen sind. Mutti kam auch irgendwann nach Hause.

Im Winter, als wir beide Klaus und ich Sonntagmorgens bei Vati im Bett lagen, bat er uns, in Zukunft unserer Mutter besonders zur Hand zu gehen, da Mutti ein Baby bekäme. Da waren wir aber sehr stolz, ins Vertrauen gezogen zu werden.

Ich triumphierte, schon eine Weile vorher hatte ich zu Klaus gesagt, Mutti bekommt ein Kind, seine Antwort:
„Du spinnst"!! Ich hatte es aber mit meinen gut acht Jahren schon lange entdeckt.

Meine Freundinnen fanden es „unschicklich",
dass ich mit meiner Mutter spazieren ging, wo
die doch „schwanger" war.

Horst sollte auch im Juni, wie wir beide Klaus
und ich, auf die Welt kommen, aber das klappte
nicht. Schon nach 7 Monaten kündigte er sich
an. Die Hebamme kam, sie und Vati brachten
Mutti zu Fuß ins Krankenhaus. Ich erinnere
mich genau wie sie den Berg runter gingen,
Mutter unheimlich beherrscht.
Wir hielten uns zum Spielen am Brückchen
eines Baches auf, der zu dem Weiher floss,
näher am Krankenhaus. Kurz nach 18.00 Uhr
kam unser Vater und sagte, dass wir ein
Brüderchen bekommen hätten. – Jetzt ging die
Sorge aber erst richtig los, abwechselnd
brachten wir Wärmflaschen ins Krankenhaus,
weil er ein stark unterkühltes Frühchen war.
Brut- oder Wärmekasten gab es damals noch
nicht, oder war das Krankenhaus nicht damit
ausgestattet. –
Aber er kam doch bald nach Hause und da
standen sie nun, die Pati, Tante Friedel und
Mutti und keiner traute sich den Kleinen zu
baden. Mit vereinten Kräften wurde das
geschafft.

Auf Bezugschein hatte meine Mutter gerade
mal 6 Windeln bekommen. Aber die Mutter
meiner guten Freundin Hilde Beck lieh uns
Babywagen und viele Babykleidung.

Einiges bekamen wir auch von Frau Reichert aus dem Ortsteil Sachsen, wo auch zwei kleine Jungs waren.

Ihr Mann saß, wie ein Söhnchen von ihr sagte „mein Papa ist in Loch" in einer Strafanstalt, weil er bei der SS gewesen war. Deshalb hatten sie auch vorher den Namen „Koch" angenommen. Nachkriegsschicksal!

Babybilder gibt es leider keine von Horst, da zu dieser Zeit keiner mehr einen Apparat hatte, geschweige denn Filme.

Ach Gott, das war eine Freude und ein Spaß, wir beide Klaus und ich waren mächtig stolz auf unseren „Kleinen" Aber der Sommer wurde doch recht stressig für mich, musste ich doch das Baby mit ins Schwimmbad nehmen und aufpassen.

Trotzdem habe ich mir in diesem Sommer 1947 das Schwimmen selber beigebracht.

Ich war dann „die Anni" und Klaus „der Budda" (großer Bruder). Der Ausdruck höchsten Entzückens bei Horst war: „Ngraaa". Meine Puppe, die Zöpfe meiner Freundin, Gertrud Schindler. Ihre Mutter stickte übrigens die Embleme und Zeichen auf amerikanische Uniformen.

Nun mit vereinten Kräften haben wir ihn groß bekommen, denn als Horst 3 Jahre alt war, erkrankte Klaus und die Mutti musste viel ins Krankenhaus nach Ansbach.

Da haben wir beide Horst und ich, dann samstags gemeinsam gewirtschaftet und zusammen gekocht.

Ich war ja da schon fast 12 Jahre und fuhr alleine nach Ansbach und blieb bei Tante Pfarrer die Woche über wegen der Schule. Irgendwann sagte mal meine Nichte Uschi: Und das hat die Oma erlaubt?? Das hat unsere Mutter so verfügt!
Und da ich die Höhere Schule besuchen wollte, blieb mir nicht anders übrig!

Wir hatten immer nachmittags Unterricht, da wäre ich mit dem Zug immer im Dunkeln nach Hause unterwegs gewesen.

# Das Leben in diesen Jahren

2.April 1948, Muttis 37. Geburtstag, unser
Vater hatte sich von einem Kollegen ein Radio
zusammenbasteln lassen mit einem Kasten aus
Kiefernholz drum rum. Voller Spannung
standen wir alle um dieses Wunderding.
Ich glaube, einen Satz hat es geschafft und
dann sofort wieder den Geist aufgegeben...

In diesem Jahr, Ende April fuhr Mutti nach
Bad Steben zur Mütter Kur und lernte dort Frau
Pfarrer Herold (Tante Pfarrer) kennen.

Sie hatte heilende Hände und konnte unsere
Mutter zeitweise von Ihrer Migräne befreien.
Vorher kam ich nach Ansbach ins Krankenhaus
und wurde am Blinddarm operiert.
Mit Äthermaske und Sandsäcken hinterher auf
der Wunde, immer wieder wurde ich ermahnt,
nicht so im Bett rum zu fuhrwerken und Ruhe
zu halten.

Der Kindersaal, ca. 15 Betten, rund rum mit
Märchenbildern an den Wänden.
Furchtbar regte ich mich auf, als ich mitkriegte,
dass die Schwestern (Diakonissen) den Katzen
Leber gaben und wir zu Hause hatten so wenig
zu essen.

D.H. wir, Klaus und ich standen vor der
Schule an, Mutti löste uns ab, das alles, um
eine Scheibe gebundenes Blut im Pergament
zu ergattern, das mit Kartoffeln in der Pfanne
zu „Tiroler Geröstel" wurde.

Die Eltern besuchten mich im Krankenhaus mit Sahnebonbons, ich esse noch heute dran, habe nie mehr solche bekommen.

Unsere Mutter war schon im Kur Outfit. Zum Kostüm umgearbeitete und gefärbte Uniform. Ich könnte mir vorstellen, dass dies die Uniform war, die Klaus in Dresden in den Büschen gefunden hatte, oder wurde die zu einem Trachtenanzug für Vati???
Jedenfalls sah sie toll schick aus, denn ein Hütchen war auch dabei.

Dann fuhr sie also in die Kur, Frau Tomasetti, eine junge Frau, die Vati von der Arbeit kannte, betreute uns.

Unser kleiner Horst wurde ein Jahr alt, Frau T. buk Butterplätzchen von allen Fettmarken, Horst aß die wenigsten, aber wir Großen stürzten uns drauf. Die Plätzchen lagen im Taufteller von der „Pati". (Patin von Horst)

Als Mutti wieder kam, hatte sie keine Lebensmittelmarken mehr zum Essen einkaufen, aber irgendwie ging es weiter.

Frau T. ließ mir beim Bader Ohrlöcher stechen und kaufte mir silberne Ohrringe, ich war furchtbar stolz, hatte ich vorher nur Gardinenringe mit Glasperlen in die Ohren geklemmt.

Mutti war es nicht so recht, aber es war schon passiert, kleiner Sieg meinerseits!
Die Firma Strasser schloss wegen Konkurs, nach der Währungsreform am 21.6.1948.
Vati muss sich eine andere Stelle suchen.

Er bekam dann in München einen Job, alles war im Aufbau, viel Arbeit, das Gehalt tröpfelte nur. Ist, glaube ich, nie ganz bezahlt worden. Er wohnte möbliert, kam fast alle Wochenenden nach Hause.

Da Samstag gearbeitet wurde, war es spät bis er in Ansbach ankam, kein Anschluss mehr, er lief dann die 14 Kilometer zu Fuß nach Leutershausen. Sonntagabend das ganze zurück. Aber der Zug fuhr wenigstens von Wiedersbach (3km entfernt) ab.

Um die Woche zu überstehen, nahm er eine Tüte Kartoffeln und Fertigsoßen und Suppen mit. Das war die Zeit, in der unsere Mutter Brot mit hohem Kartoffelanteil buk, das schnell gegessen werden musste, da es sonst schlecht wurde. Wir rösteten es auf der Herdplatte und streuten selbst gepflückten Kümmel drauf.

Klaus und Mutti hatten die gleiche Schuh Größe und teilten sich die Winterschnürstiefel. Irgendwie schaffte unser Vater es mit seinem Organisationstalent, zu Weihnachten 1948 für Mutti ein schwarzgrundiges Winter Dirndl mit Silberknöpfen und Schößchen (ganz zarter weicher Stoff mit ovalen Ornamenten und Bildern drauf) zu bekommen. Dazu noch mal den gleichen Stoff, aus dem Mutti mir ein ähnliches Kleid schneiderte. Ich glaube München dauerte ein ganzes Jahr.

Wieder schrieben sich die Eltern Briefe mit all den Sorgen des Überlebens.

Im Frühjahr 1949 teilte mein Klassenlehrer Mentdner meinen Eltern mit, dass es eine Schande wäre, wenn man mich nicht auf die höhere Schule schicken würde.

Inzwischen hatte unser Vater seine Fühler nach einer anderen Betätigung ausgestreckt und wenn ich mich recht erinnere, durch die Firma Heilmann und Littmann in München den Tipp mit „Hantschel und Pobuda" in Würzburg bekommen.

Er bewarb sich dort und begann im Frühsommer 1949 als Bauleiter für die Wohnungsbauten der amerikanischen Familien in Aschaffenburg.

Mein künftiger Schulbesuch in Ansbach in der Oberrealschule für Mädchen wurde davon abhängig gemacht, ob Vati die Probezeit besteht bzw. weiter so gut verdient. Die Aufnahmeprüfung durfte ich vorsorglich machen und bestand mit Bravour, nur 2,5 Fehler im Diktat, Satzzeichen halber Fehler.
Helga Wagener, Zahnarzttochter meine damalige Freundin sauste zum zweiten Male durch, reine Nervensache und Erfolgsdruck durch die Eltern!. Sie ging nach dem dritten Mal nach Neundettelsau an eine Mittelschule mit Internat.

Ich kann noch genau nachempfinden, was mich damals bewegt hat, als wir auf das Ergebnis der Prüfung warteten.

In den Schulferien 1949 waren wir dann in Aschaffenburg bei Vatis Zimmerwirtin, (er kam nur zum Wochenende heim) mit Mutti und Horst, Klaus war in einem Ferienlager.

Wir besuchten u. a. Schloss Schönbusch und unser Kleiner schlitterte mit den riesengroßen Filzpantoffeln durch das ganze Schloss.

Ich badete in einer Flussbadeanstalt aus Holz im Main und spielte mit dem Sohn der Hausleute Tischtennis.

Eine Woche vor Schulanfang entstand das schöne Bild von uns dreien, ich mit Minizöpfen und Horst zweijährig mit gläubigem Blick und unser Großer schon so vernünftig und erwachsen.

Es war beschlossen worden, dass ich, damit ich nicht täglich nach Ansbach fahren muss, bei Frau Pfarrer Herold die Woche über leben sollte. Sie wohnte in einem Behelfsheim im Garten des evangelischen Vereinshauses.

Wir, Christa Tietze (gleiche Klasse) und ich schliefen unter dem Dach unter den blanken Ziegeln, auch im Winter. Wir aßen Haferflocken Brei und Preiselbeeren und weiße Bohnen mit ranzigem Speck. Reste von Beständen aus Freizeiten. Meine Eltern bezahlten 50 Mark und die Lebensmittel Marken. Ich ging auseinander wie ein Hefekloß.
An den Wochenenden fuhr ich heim und Mutti sorgte dafür, dass ich Stoffwechselspritzen bekam, 1950!

*Ausflug nach Klingenberg 1949*

# Rothenburg ob der Tauber ab 1950

Nachdem Klaus in Ansbach im Krankenhaus gewesen war, wollten ihm die Eltern ersparen, wieder in die alte Umgebung zurück zu kommen und bemühten sich um eine Wohnung in einer anderen Stadt.

Am 1.7.1950 sind wir dann nach Rothenburg gezogen in die Heugasse 8.

Vati fragte mich, Klavier oder Gymnastik? Ich kann nur eines bezahlen, natürlich entschied ich mich für Gymnastik und ging fortan zu Fräulein Bertram und Herrn Wild in die Gymnastikstunde in das alte Gymnasium hinter der Jakobskirche.

Hier in Rothenburg konnte ich die Oberrealschule besuchen und musste nicht so weit fahren, wie das von Leutershausen aus der Fall gewesen war, ein Weg über den „Schrannenplatz" durch das Türchen in der Stadtmauer und ich war da.

Die Wohnung war geknüpft an eine Tätigkeit Muttis in einem Pelzgeschäft für ein Jahr. Die Wohnungen waren zu dieser Zeit durch die vielen Flüchtlinge und die zerbombten Häuser noch recht knapp.

Klaus war aus dem Krankenhaus mit der Auflage entlassen worden, einige Zeit von einer Schwester betreut zu werden.

Wir hatten Glück und bekamen eine sehr liebe junge Rotkreuzschwester, Schwester Gertraud, 19 Jahre und immer zu Streichen aufgelegt, der „Schlechte Lump" nannten wir sie scherzhaft.

Sie machte auch den Haushalt und begleitete mich zum Arzt, als mir die Wucherungen aus dem Rachen ganz ohne Betäubung entfernt wurden.

Da ich keine Tabletten schlucken konnte, warf sie sie zielsicher in meinen Hals. War das ein Spaß, trotz aller Schmerzen!

Unser Kleiner ging bald in den Kindergarten zu Schwester „Karete" (Margarete) einer Diakonisse, Augsburger Schwester.

Vati war die ganze über Woche weg Die Firma baute für die Amerikaner. In Aschaffenburg waren es die Häuser für die Angehörigen, später Schweinfurt und Bad Neustadt und dann Wildflecken in der Rhön für die Soldaten. Dort wurden die Kasernen der Deutschen Wehrmacht aus/neu gebaut auf den neuesten Stand gebracht. Alles waren Terminbauten und unser Vater hat mit seinen Kollegen nächtelang durchgearbeitet (Kaffee, Cola, Zigaretten) wenn der Übergabetermin nahte.

In den Weihnachtsferien 1951 fuhr ich mit meinem Vater einige Tage mit nach Wildflecken. Dort gab es einen PX-Laden und er kaufte mir mitten im Winter einen Pfirsich für 5,-- DM. !!!

In Rothenburg fingen wir an, wieder etwas zivilisierter zu leben, die Zeiten wurden besser, wir durften uns unsere Brote selber schmieren, vorher hatte uns das alles Mutti vorgesetzt. Wir bekamen Stoffservietten mit Servietten Ringen und fanden das toll.

Leider gab es kein Bad in der Wohnung. Bzw. das Bad wurde Klausens Zimmer, denn es war ja nur eine 2-Zimmer Wohnung. Horst und ich schliefen bei Mutti im Schlaf Zimmer, am Wochenende wurde ich in das Wohnzimmer ausquartiert wenn Vati nach Hause kam.

Ich hatte also kein eigenes Reich, aber so war das damals halt. In Leutershausen hatten Klaus und ich ein gemeinsames Zimmer gehabt. Ich wusch mich in der Küche und konnte in Abständen in einem öffentlichen Bad auf dem Schrannenplatz für 50 Pfennige ein Vollbad nehmen.

*August 1949 in Ansbach*

# Reiches Weihnachtsfest 1952

„Du schlägst Rad", wenn Du Dein Weihnachtsgeschenk siehst, hatte mein Vater schon seit Wochen gesagt. Ich, 14 Jahre alt, war gespannt wie ein Flitzebogen!

Dann kam der Weihnachtsabend, stimmungsvoll mit Weihnachtsbaum in Silber und elektrischen Kerzen. Die Gabentische für fünf Personen, drei Kinder und die Eltern waren reichlich bestückt.

Das Wirtschaftswunder hatte auch in unserem Haus Einzug gehalten. Mein Vater hatte seit drei Jahren die gute Stelle als Bauingenieur, zwar arbeitete er die ganze Woche über weit von zu Hause weg und kam erst Samstag Nachmittag nach Hause, aber das war damals ganz normal.

Trotz all des Glanzes und der Fülle fiel mein Blick sofort auf ein nagelneues Damenfahrrad. „Nun schlag Rad" sagte Vati, und klatschte selber mit der flachen Hand auf den Sattel. Jetzt erst begriff ich, was er die ganze Zeit gesagt hatte.

Meine Freude war riesig, hatte ich doch die letzten drei Jahre nur das Fahrrad meines älteren Bruders mit Stange zur Verfügung gehabt. Wie oft ich auf diese Stange geknallt bin und mir wehgetan habe, ist nicht zu sagen.

Und jetzt hatte ich ein eigenes Rad!! Es begleitete mich lange Zeit, auch als ich zwei

Jahre später in die Lehre nach München kam, war es dabei. Ich glaube, ich hatte es bis in die 70er Jahre.

Mit Opa 1954

Familie 1952
Weihnachten

Meine Klasse in Rothenburg Auf Schulausflug
am „Blautopf"

ROTHENBURG ob der TAUBER
KLINGENTOR MIT WEHRGANG. 10.9.50

Das Klingentor und die Stadtmauer
Aus dem Skizzenblock meines Vaters
Rothenburg o/T 1950

Ich hatte viele Freundinnen in unserer Straße aber auch in der Schule.

Wir gingen abends bummeln nach „Pucki - Buch-Vorbild", z. B mit Jutta Schmidt aus Insterburg in Ostpreußen. Sie wohnte bei ihrer Oma im Hegereiterhaus. Wir aßen Sanella Brote mit Senf drauf und fanden das herrlich.

In der Hafengasse machte die „Nordsee" auf und statt Bonbons kauften wir uns Krabben bei unserer Bummelei.
Da wir eine Auswärtigen Klasse waren, hatte ich auch Freundlinnen aus der Umgebung.
Erika Schüssler aus Tauberzell, das Doktors Töchterchen und Ingrid Kostka aus Gebsattel.

Wenn wir einen Schulausflug hatten, übernachteten sie beide immer bei uns. Auf der Doppelbettcouch im Wohnzimmer schliefen wir zu dritt. Sagte ich „schlafen", was haben wir bloß gegackert!!

Klaus kam 1951 in die Lehre zum Bäcker Meister Probst auf der Herrengasse, nachdem er beim Fernsehkoch Adam nur „Flaschen Spülen" gelernt hatte. Sein Dienst begann morgens um 4 Uhr und endete mittags um ca. 13 Uhr. Dann musste er schlafen und um ca.17 Uhr noch mal in die Backstube gehen, um den Sauerteig für den nächsten Tag anzusetzen. Das war schon hart, trotzdem war Klaus im CVJM sehr aktiv und er hatte ne Masse Freunde.

Der Club der „Baskenmütze Brauner Zipfel",
der mir hin und wieder ein Mundharmonika
Ständchen vor dem Fenster brachte.

Im März 1953 wurde ich in der Rothenburger
Jakobskirche konfirmiert.

In Begleitung von Klaus durfte ich oft
abends in die Aufführung von den „Hans Sachs
Spielen" im Rathaus gehen. Wir kamen
umsonst rein, da sein Freund Günther Pauli
dort in Landsknecht-Tracht Türschließer war.

1954 im Frühjahr hatte ich meinen Tanzkurs
bei Fräulein Bertram und Herrn Wild (auch
meine Gymnastiklehrer) mit einem wunder
schönen Abschlussball.

Schon 1951 waren wir mit beiden in
Mittenwald gewesen, ca.18 Mädchen in einem
Heustadel, Kochen in einer Schule, waschen
und Zähne Putzen am Bach.

Mein Vater bekam hin und wieder Besuch in
Rothenburg von hohen amerikanischen Militärs
mit Familie, die bei uns Kaffee tranken und die
ich dann mit meinen „Englisch Kenntnissen" bei
Führungen durch Old Rothenburg erfreuen
konnte.

# Meine Konfirmation

1952
Das erste Auto;
Ford Taunus
„Blondi"

# Horst im Kindergarten

# Abschlussball der Tanzstunde
# 1954

# Reise in die Vergangenheit

Am 27.08. 2010 erfüllte ich mir einen lang gehegten Wunsch:
Eine Fahrt in meine Geburtsstadt Stettin, Stettin ist seit dem Juli 1945 eine polnische Stadt. Die Grenze, die lange Fahrt und die andere Sprache waren viele Jahre für mich eine Hemmschwelle.

In diesem Sommer hatte ich eine Einladung mit meiner Schwägerin Luise zusammen nach Greifswald zu meinem Cousin und seiner Frau.

Schnell war der Plan fertig, so eine Gelegenheit bietet sich so bald nicht mehr. Wir fahren einen Tag nach Stettin. Von Greifswald aus, das übrigens Partnerstadt zu Stettin ist, war das von der Entfernung her eine Kleinigkeit und mit dem Mecklenburg-Vorpommern-Ticket so günstig (€ 28,00 für maximal 5 Personen), wie wir uns das nie erträumt hatten.

Die Verbindung geht über Pasewalk, wo wir einmal umsteigen mussten in einen Zug, der die ganze Ostseeküste von Lübeck bis Stettin durchfährt. Es gibt keine Grenze mehr, nichts, auf einmal ist man da und kann noch sämtliche öffentlichen Verkehrsmittel in Stettin benutzen.

Leider regnete es in Strömen an diesem Freitag. Vor dem Bahnhof sprach uns ein älterer Mann an, ob er uns helfen könnte. Wir erklärten ihm, dass wir nach Pogodno, dem früheren Braunsfelde, wollten.

Die Straßenbahn ist ein Stück weg, also zeigte er uns den Taxistand. Mit dem Taxifahrer verhandelten wir, ob er Euro nehme, er bejahte es.

Es ist gar nicht so selbstverständlich mit dem Euro, nicht jeder nimmt ihn. Und los ging die Fahrt.

Ich hatte mich im Vorfeld kundig gemacht, die Straße gefunden und mit „Google – Earth" den Wohnblock ausfindig gemacht. 5 Häuser auf einem Grundstück mit Grünfläche dazwischen und dahinter, das Land meiner Kindheit.

So konnte ich dem Taxifahrer sagen, hier ist es! Großes Glück war, dass die Hausnummer noch stimmte, was nicht so sicher war, wie man mir auf der Stadtverwaltung Stettin das Jahr vorher mitgeteilt hatte.

Dazu muss ich noch mal erinnern, dass wir Stettin, meine Mutter, mein Bruder Klaus und ich im Sommer 1943 verlassen haben, ohne zu wissen, dass wir nicht mehr zurückkehren würden.

Ich habe also meine Heimat mit 5 Jahren verlassen und trotzdem habe ich alles wieder gefunden. Es stand wie eingebrannt in mein Gedächtnis, unsere Wohnung, die zwei Sandkästen, der Wäschetrockenplatz, der Nussbaum an dem mein Bruder im Herbst die Nüsse zusammen mit unserem Pflichtjahrmädchen  s. o. sammelte.

Die Sandkästen sind leider weg, anscheinend gibt's keine oder wenig Kinder dort. Wir waren eine Horde von mindestens 15 Kindern auf dem Grundstück.

Die Häuser waren eigens 1937 für Familien mit Kindern gebaut worden, schon mit Türdrücker und Etagenheizung. Sie sind bis auf unseres mit Platten gut renoviert, bei dem sieht man noch ein Stück mit den Spuren der Bombenangriffe. –

Anschließend suchten wir meine Taufkirche, die Wartburggemeinde. Auch hier hatte ich schon im Internet gesehen, dass da eine sehr große katholische moderne Kirche gebaut worden ist.

Wunderbar eingebettet in diese Kirche ist unser kleines Kirchlein.
Wir sprachen mit einigen Patres, die sehr freundlich und uns bereitwillig Auskunft gaben. Nach einer kurzen Rast in einem kleinen Cafe, wieder die Frage nach dem Euro, wieder Erfolg gehabt, fuhren wir mit einem riesigen Gliederbus in die Innenstadt.

Jede von uns kaufte sich zur Erinnerung einen Bernsteinanhänger zu einem sehr günstigen Preis. Ich musste meist Englisch sprechen, Deutsch versteht „noch" nicht jeder.

Endlich nach langer Suche und vielen Fragen, erreichten wir das Schloss, es ist sehr gut renoviert.

Vor der Information entdeckte ich ein bekanntes Gesicht, einen großen schlanken Herrn. Es war der Schauspieler Günther Schramm mit seiner Frau, der genau wie ich, das erste Mal nach dem Krieg wieder in Stettin war.

Er erzählte uns, dass er seinem Vater, Arzt in einem Krankenhaus, nach einem Bombenangriff auf der Straße geholfen hat, Verwundete zu versorgen. Er war sichtlich froh, so ging es mir auch, seiner Erschütterung Ausdruck verleihen zu können. Nach dem kurzen Gespräch trennten sich unsere Wege wieder.

Meine Schwägerin und ich fanden dann noch einen Taxifahrer, der Deutsch sprach, er hatte in Berlin gearbeitet.

Dieser gute Mensch fuhr uns für 12,00 € über eine halbe Stunde durch die Stadt und zeigte uns viele Sehenswürdigkeiten mit den entsprechenden Kommentaren. Die Polen haben Angst vor dem Euro, alles wird dann teurer. --

Der Zug brachte uns in 1 1/2 Stunden wieder nach Greifswald zurück. Noch heute bin ich erfüllt von dem Erlebnis und kann es manchmal gar nicht fassen, dass ich wirklich dort war.

*Unter dem Nussbaum 2010*

*Die Kirche der Wartburggemeinde zu Stettin.
Hier wurde ich getauft!*

*Oben rechts unsere Wohnung in Stettin,*
*Schlafzimmer, Bad aufgenommen im August*
*2010.*

Der Kreis hat sich geschlossen.
Hannelore Möbus,

Zeitfracht Medien GmbH
Ferdinand-Jühlke-Straße 7
99095 Erfurt, Deutschland
produktsicherheit@kolibri360.de